もうひとりのキプリング

An Alternative Kipling

表象のテクスト

Joseph Rudyard Kipling

上石実加子

Mikako Ageishi

松柏社

はじめに

一九〇七年、キプリングがイギリス最初のノーベル文学賞を受賞してから、百年の時が流れようとしている。この作家人生の絶頂期を迎えた直後、瞬く間に名声を失墜させた「キプリング」は、しかし、サイードの『オリエンタリズム』以降、さまざまな角度から読み直しが図られて現在に至る。

大英帝国の繁栄華やかな一九世紀末において、キプリングは、時代の寵児として君臨したが、その盛期が終焉をむかえて帝国の信望と勢力が失われると、彼の作品も全く過去のものとなっていった。同時代作家であるヘンリー・ジェイムズやW・B・イエイツが、後世に名を残す作品群を生み出したのとは対照的に、ほとんどの作品が忘れ去られたかにみえたキプリング。

悠遠の神秘と夢に包まれたインド、この茫洋とした混沌を深々と湛えた東洋を、広汎にわたる見聞と鋭い観察眼を持って描いたキプリングの筆致は、あまりにも時代的過ぎたと同時に、つねに現代的なテーマを併せ持つ新鮮さを読者に喚起させる。

一八六五年、インドのボンベイで生まれ、イギリスで教育を受けながら、十六歳にして再びインドに戻り、そこで詩や短編小説を書きつつ、ジャーナリストとしての人生をはじめたキプリングを取り囲む状況は、帝国主義的思想をかなり濃厚に反映したものであり、ことに彼の〈インドもの〉と称されるテクスト群は、ヨーロッパ中心主義を唱導した典型的なテクストと評される場面が多くある。より具体的にいうなら、彼がインドを舞台とする場合、インドの人間生活の現実を描いているように見えながら、実はいかにインドが本国とかけ離れ、本国の規範から逸脱した異国であるかという差異を描くことによって、中心としての本国が周縁としての植民地に対して持つ優越感を映し出しているというものである。

一方で、キプリングの短編小説は英領植民地たるアングロ・インディアを、「退屈な」地から「驚異と魔法に満ち溢れた」現実にある地に変容させた（Lang, 71）とするアンドルー・ラングをはじめとして、キプリング小説の異国情緒あふれた魔術的要素は、批評家や読者から大きな反響と称賛を呼び起こしてきた。

かつてヘンリー・ジェイムズは、キプリングを「もっとも完璧な天才」と呼びつつも、その作品については、「テーマが、アングロ・インディアンから現地人へ、現地人から英陸軍の兵卒へ、兵卒から四足獣へ、四足獣から魚へ、そして魚からエンジンやねじへと退化している」と指摘した（Lubbock, 271）。ジェイムズがキプリングの「エンジンとねじ」の物語群に異議を唱えたのは、彼の機械類への興味が、彼の描く野蛮な英陸軍兵卒と同様に恥ずべきものであると思ったことを意味している。

ライオネル・トリリングは、キプリングの帝国主義の擁護と、機械類への賛美のなかに、「お上品ぶりが打ち砕かれた下層中産階級の混乱のさま」（Trilling, 91）を見て取っている。後期になるにつれて、キプリングという作家に対する印象は、「思慮に欠ける帝国主義擁護者」から「陰鬱で、かつてよりも動揺させるような」作家へと変容していく（Orel, 1）。

キプリングの評価を回復させたエドマンド・ウィルソンは、一九四七年に『アトランティック・マンスリー』に発表したその画期的なエッセイ「誰も読まなかったキプリング」において、主に、一九世紀後半のテクノロジー、特に、大陸横断の列車や、大西洋両岸を結ぶ定期船のような輸送機械が、キプリングによって生き生きと描写されている点に注目している箇所がある。ウィルソンはキプリングのことを“rhapsodist of motor-cars”と呼んだが、彼はまた、キプリングが機械類に焦点を当てていることが、「まだ文学にもたらされていなかったものに、言葉の新たなリズムや色彩、質感を見出している」と論じている（Wilson, 52-3）。


今、キプリングの描いた時代性を紐解く必要性はどこにあるのだろうか。

ノエル・アナンはかつて、キプリングの新しい色彩と質感は社会学的であり、キプリングの社会の表象の仕方は、その当時の社会学に類似していると述べたことがある。社会学者と同様に、キプリングは魔法や科学のような概念が、概念それ自体を評価するよりもむしろ、社会とどのように繋がっているのかを吟味している（Annan, 101）というものである。

本書は、そのキプリングの「新しい質感」が、実は、「思慮に欠けた帝国主義擁護」と「テクノロジー賛美」のあいだにたゆたう時代特有のものというだけでなく、それがつねに「同時代的」かつ「現代的」なテーマを孕んだもの、それこそがキプリングの新しい質感ではないのか、という幾分身勝手な仮説に基づいている。キプリングの「文学」を、いわゆる「英文学史」の中に位置づけて考えようとするのではなく、よってキプリングの文学を〈賛美／批判〉の観点から論じるのではなく、時代を映した「表象のテクスト」としてキプリングを読むこと、これが本書の目的である。

もうひとりのキプリング　目次

第I章　ペットになった〈動物／人間〉たち
放浪者たちの記憶

1　愛玩動物としてのオランウータン

新婚生活の日がまだ浅いうちに、ベルトランは妻を殺害された。内側から鍵が掛けられた部屋の中で妻は死んでいた。もはや人間の形状を留めずに"stuff"と形容された妻の死体、壁などに付着した身体の欠片が散在していること、部屋の天井が突き破られてできた大きな穴、これらは、妻の殺人犯がビミであったことを容易に想起させるものである。フランス人のベルトランは、脱獄囚と噂されているナチュラリストである。彼は何らかの理由でフランスを離れ、マレー諸島に独り移り住み、一頭のオランウータンと一つ屋根の下で生活を共にしていた。このオランウータンがビミである。

この物語「ベルトランとビミ」（"Bertran and Bimi," 1889）をキプリングが執筆する少し前に、同時代の博物学者アルフレッド・ラッセル・ウォレスが「オランウータンと極楽鳥の地」という副題のもとに『マレー諸島』という旅行記を発表した。八年に渡る調査の集大成である。彼は、アジア産の伝説の類人猿たるオランウータンを徹底的に観察・調査した最初の科学者とされ、動物地理学の基礎を築き、進化論の発見に力を貸したとされているナチュラリストである。

ウォレスはこの旅行記のなかで、ある時、一頭の雌のオランウータンを射殺した際、この母親が抱きかかえていたとみられる小さな子どものオランウータンがたまたま生き残っており、このオランウータンをキャンプに連れて帰り育ててみようと試みた旨を記録している。

この小さな生き物は、好きな食べ物を口にすると満足した表情でウォレスを見上げ、逆に嫌いな食べ物だと、まるで癇癪を起こしている「人間の赤ん坊のように」(Wallace, 35) 泣き叫んだ。ウォレスは、このオランウータンの子どもが、自らも罹ったことのあるマラリア熱に罹って死んだことを記している。進化論初期の時代に、動物が人間のようにふるまい、人間の病気に罹って死んだといっているにも等しいこの記載は、読者のあいだにセンセーションを巻き起こした(ヴェント、463)。動物は人間に奉仕するために存在するという二千年に渡るキリスト教の伝統的な態度の大いなる逆転があったのである。人間は動物から進化したとして、「人間」を「動物」と等式で結ぶかのようなダーウィンの進化論によって、キリスト教社会における人びとの認識は大きく揺さぶられた。

ダーウィンの進化論が引き金となって、それまで性格すら持ちえていないとされた動物たちに道徳的価値が付与され、動物は、人間の美徳のモデルとなっていった。さらに特筆すべきは、この一九世紀半ばにおける知的風土の変化とほぼ同時に、中産階級の家庭においてペットが急増し、人々は、知性の王国には欠けていた「同情・共感・愛」(ターナー、132) といった美徳を「ペット」の中に見出していったことである。

ウォレスは、連れ帰った子どものオランウータンのことを、実は「ペット」(my little pet)と呼んでいた(Wallace, 35)。彼が子どものオランウータンを持ち帰って育てる様は、キプリングの物語において、同じナチュラリストという立場にあるベルトランが、幼獣の頃からオランウータンを育ててきた状況とある意味で一致しており、このオランウータンが「ビミ」という名前を与えられていることから、ビミは、ベルトランの「ペット」として存在していたと読める。しかしビミは、ウォレスの「ペット」の概念をはるかに超えたレベルで存在していた。

ウォレスの場合、彼の「ペット」は、あくまでもナチュラリストとしての観察対象であって、一般家庭で飼われるペットのイメージではない。ベルトランの場合、「ペット」を檻の中で飼うことはせず、専用の部屋を与え寝起きを共にして共同生活をしている。しかもその「ペット」がイヌやネコのようは小動物ではなくオランウータンであったことが問題である。

前述したように、この共同生活の末にベルトランは妻を失った。それはオランウータンの嫉妬心が原因であったのだ。

この作品は、当時、『スペクテイター』誌においては「嫌悪すべきもの」として、また、『エディンバラ・レヴュー』誌においても「悪夢の文学」として、「書かれるべきではなかった」物語であると評された（Page, 70)。雑誌の掲載を経ていないこの物語は、短編集『人生のハンディキャップ』（一八九一年）に収録されたが、これまでのところ、それ以上の議論がなされることのなかった作品である。ただ、「書かれるべきではなかった悪夢の文学」こそ、逆に、同時代の読者の興味を大いに誘ったに違いない。なぜなら、「ベルトランとビミ」は一見すると、「人間」と「動物」を等位接続詞〝and〟で結ぶラ・フォンティーヌさながらの動物寓話に過ぎないようでいて、実は現代にも通ずる同時代的関心事がふんだんに盛り込まれた問題作だといえるからである。

2 「ペット」をめぐる愛玩のパラドクス

『オックスフォード英語辞典』（OED）によると、「ペット」（pet）は「家畜化され、あるいは飼い馴らされた動物で、お気に入りとして扱われ、寛大に扱われるもの」と定義されている。さらにOEDは、それが家族内において、手で育てられる存在であることも明らかにしている。オランウータンのビミは、ベルトランの「子ども」として、まさに「家族内」で手飼いにされた「お気に入り」であった。動物に人間の名前をつける習慣をその一例として、「ペットにする」とは、周知のとおり、動物を人間として扱うことを意味している。

もちろん、ベルトランはビミを「ペット」とは呼んでいない。だが、ベルトランとビミの共同生活を目の当たりにしたベルトランの友人ハンス・ブライトマンは、ビミがまさにベルトランにとっての「子どもであり、兄弟でも」（Kipling, *LH*, 271-72）あったと述懐している。ビミはまさにベルトランの「ペット」として、家族そのものであったことになる。

ペットは「家族」ではある。だが血族ではない。それが動物である場合、人間とは異なる種族となる。よってこのペットの概念は、親族関係と非親族関係のあいだに通常存在する区別を無効にする結果を招きかねない。ある動物がペットになることによって、本来考えられていた血族や親族、種族の境界線はきわめて曖昧化されることになる。この結果、ベルトランは、ビミの中に本来備わっているはずの「獣性」を見逃してしまうことになったのである。

友人ハンス・ブライトマンは、このビミの目に殺意を匂わす光を見るが、その一瞬あとには、その目に殺意の光は消えて、ビミはベルトランの妻に従順にスリッパを運ぶ行動をとっている。このときハンス・ブライトマンは、ビミの「抜け目なさ」を見破りつつも、自分の目に映るビミの「狡猾さ」が、飼い馴らされることによって隠蔽された本来備わる獣性なのか、人間化されていくプロセスの中で習得された「人間的」狡猾さの模倣なのかがわからないのだ。

ハンス・ブライトマンもまた、ベルトランと同様に、ナチュラリストであるという設定になっている。ナチュラリストは、今日でいうところの動物学者にかなり近い存在であったが、一九世紀半ばに至ってもなお、動物学者、植物学者、地質学者の混淆体を指す古い意味での博物学の徒を指してもいた。この意味で、ハンス・ブライトマンは、「ランの花や蝶、そして野生の獣にいたる民族学的標本」を（Kipling, *LH*, 270）蒐集して歩く、まさに同時代的なナチュラリストの姿だといえる。

物語のなかで、このふたりのナチュラリストは動物に対して互いに異なる見解を持ち、意見の対立を見せている。バーバーによるなら、これは、博物学同好の士たちにおいて大きな区別立てがあり、「クローゼット派」と「フィールド派」という二つのタイプのナチュラリストがいた（バーバー、53, 56）こととの関わりで考えられてくる。前者は死んだ生物を博物館や「部屋」（クローゼット）の壁の中で調べ、解剖しようとするタイプで、後者は生きた生物をその天然の環境の中に置いて調べようとする人びとを指している。

ハンス・ブライトマンは、世界中をあちらこちらと渡り歩いて民族学的標本を蒐集することを生業として、サルを射殺していることから、「クローゼット派」のナチュラリストに属すると推測でき、オランウータンと生活をともにしているベルトランは、どちらかというと

「フィールド派」であるということになるだろう。バーバーの言葉を借りるなら、クローゼット派は専門家たちの、フィールド派はアマチュアの世界であって、しかも「分けられた二つの勢力は憎悪に近い気持ちで互いに対峙していた」（バーバー、53）という指摘から、経験豊富なハンス・ブライトマンがベルトランに対し、サルについて知識ありげに語り、忠告までするのも、二つの勢力の対立構造を少なからず垣間見せる箇所であろう。

ハンス・ブライトマンは、ベルトランから結婚したい女性がいることを打ち明けられ、もしもその女性と結婚するのなら、ビミを殺害せよと忠告する。これに対してベルトランは、家族同然の暮らしをしてきたビミを殺すなどという残酷なことはできないと忠告を無視する。両者の立場の違いが、ビミをめぐる意見の対立にも反映されているのだろうか。

別の見方をするなら、これは、ベルトランのビミ（動物）に向ける感情が、妻（人間）に対するものとは全く別物であるのだという印象を読者に伝えているようでもある。だが一方でベルトランは、妻を殺害されたにもかかわらず、妻の遺体を片付けて家を修復すると、十日間、ビミの帰りを待ち続けるという行動にでる。ここには愛する妻を殺害したビミに対する復讐心というべきものは些かも見られない。むしろベルトランは、十日後に戻ってきたビミを家に迎え入れると、罪を犯したことに震えているように怖がってみせるビミを、三日間のあいだ愛撫してやるのである。この「愛撫してあげた」（"he made love to Bimi"）という表現は、両者に性愛的な接触があったことさえも匂わせている。これは、ベルトランが実は妻よりもビミを愛していたことを意味しているのだろうか。いやむしろ、読者の多くがおそらくそのような読みをしないのは、「伝統的な意味で用いられるペットへの愛は、性的に無害であると想定されている」（シェル、283）からに他ならない。

ベルトランは、「アッシジの聖フランチェスコの生まれ変わりのよう」だと言われていた。そして、すでに彼との比較において見てきた博物学者ウォレスは、かつて「聖フランチェスコを裏返した人物のように見える」（Raby, 9）と言われたことがあったとされている。この「聖フランチェスコ」の記号性は、両者のナチュラリストを形容するうえでいかなる意味を付け加えているのか。

アッシジの聖フランチェスコは一三世紀イタリアの聖人である。彼については、グッビオという古い小さな都市で荒れ狂っていた背丈のある一頭の狼を手懐けて、住民と和解させたという奇跡が有名な話として語り継がれている。彼はキリストの模倣の理想を徹底的に追求したとして有名であり、自然と向き合うことが神と向き合うこと、という考えのもとに、全生物を兄弟姉妹と呼び、「己を自然の一部と化すことによって、自然に遍満した神の秘密を嗅ぎ取った」（池上、127）人物として知られる。

ウォレスが、聖フランチェスコを「裏返した」人物であったのは、彼が自然と一体化するのではなく、基本的に自然を征服する立場にあったからである。よってベルトランがこの聖人の生まれ変わりだというのは、動物を手なずけ、動物に教えを説いた聖人の姿を重ね合わせるからであろう。だが、フランチェスコが「ロゴスに対するエロスの優位を主張することのできる人間だった」ことを示唆するフロイトの現代的視点（巽、389）や、「すべての動物はわれわれの同胞」であると説いた聖フランチェスコの霊的な愛が、実は地上的な魅惑と切っても切れない関係にあるのだという指摘（シェル、136）から、この聖人の内部には聖書的発想を逸脱する萌芽があったことに気づくのである。「聖フランチェスコ」という記号性が導くベルトランのビミに対する愛は、性愛が根底にあり、あるいはそれが隠蔽された、ペットとしての家族愛ということになる。「どんな種類の動物がペットになるのか」という問いは、「人間とは何か」という問いに直結している（シェル、280）。ゆえに「動物」の表象は、再帰的に人間とは何であるかを示す指標となっているのである。「ペット」が人間とその他の動物のあいだにある本質的な区分を曖昧化する傾向、そこに示唆されているのは、人間を含めたどの動物でもペットになりうるということである。

3　人間の展示と威信の象徴

オランウータン（orangutan）と言う語は、マレー語で「人」を意味する〝orang〟＝ man と、森を意味する〝utan〟＝ wood から成り立っていることから、「森の人」を意味するマレー語を語源としていると言われる。「オランウータン」は、なぜ「森の人」と呼ばれてきたのか。ウォレスの旅行記においても明らかなように、マレー諸島の人びとの間で、オランウータンは「オランウータン」とは呼ばれていない。まったく違った呼び名「マイヤス」と呼ばれている。

では、オランウータンとは何だったのか。ヘルベルト・ヴェントの説によると、もともと「オランウータン」は、沿岸地帯のマレー語、インドネシアのリンガフランカで「森の人」という意味を表わし、「小人」を意味する「オランペンデク」という言葉と同様の意味に用いられた「人」を表わす言葉である。つまり、マレー人が、ジャングルに住む小柄な原住民、例えばスマトラのクブ族、ボルネオのプナン族、セイロンのヴェッダ族などを指す言葉だったのである（ヴェント、461-62）。

興味深いのは、西欧の植民地に対するステレオタイプな見方として、「オランウータン」＝「現地人」として立ち現われる差別的な視線が、実は、マレー人の西欧による模倣的視線であったことである。言い換えれば、「オランウータン」という動物名が、西欧のコロニアル・ディスコースにおいて現地人表象とされる以前に、その植民地の現地人が、さらにその地の原住民に対して用いていた原住民表象だったという東南アジアのレトリックである。

この公式は、動物園という文化装置にも顕著であったことを思い出す必要がある。動物園の発想は、創世記のノアの方舟を想起させる。創世記第七章一－四節にわたるノアの方舟の挿話は、方舟という限定された空間に網羅的・組織的に動物を収集する物語であるといえる。それはいわば、雄と雌のつがいを外界から隔絶して収集していることで自然界の保護を再生産の目的とする、近代以降の「科学的動物園」を予兆させるものである（渡辺、16）。かつて一六世紀にメキシコを侵略したスペインのコルテスは、新大陸アステカ帝国で巨大な規模を誇る動物園を目撃した。そこにはライオンやトラ、オオカミをはじめとする動物から爬虫類や肉食の鳥類に至るさまざまな生物が収容され、また別棟には、こびと、せむしといった奇形の、いわばフリークスと称されるものたちまで収容されていたと記録されている（Kraits, 62-3）。アステカ人を「人間」扱いせずに略奪の限りを尽くしていたコルテス一行が、侵略先のアステカ帝国で「人間」をも収容する壮大な「動物園」を目にしたことは、コルテス側が、あたかも自身の行為をアステカ人によって反復されているような錯覚に捉われたように思えて二重に興味深い。

彼（オランウータン）は、マレー諸島のどこかで捕獲されたのち、一人一シリングで見世物にされるためにイングランドに向かっているところだった。（Kipling, *LH*, 269）

「ベルトランとビミ」の物語は、実は、語り手ハンス・ブライトマンが、「わたし」に話して聞かせた彼自身の回想の物語である。ふたりは、「見世物にされるため」（to be exhibited）のオランウータンをマレー諸島のどこかで捕獲し、イングランドに連行する船の中にいる。この「見世物」がどのようなものかは明らかにされていないが、「見世物」という、一九世紀末までにヨーロッパ人の広汎な関心と衝動を掻き立てるひとつの社会現象というべきものを形成してきた娯楽産業が、この物語の重要な背景としてある。オールティックによれば、「見世物」（exhibition）とは演劇以外の娯楽興行で、原則として金を払って見る、絵画、物品、「人間を含む生物の展示」（Altic, 15）のことである。オランウータンのような動物を「見世物」にすることから連想されるのは、例えば一八五一年のロンドン万国博覧会から一八八九年のパリの万国博覧会にいたる一連の「展示会」であろう。植民地の多数の住民たちを博覧会会場に連行し、博覧会の開催中、彼らを柵で囲われた模造の植民地集落の中に展示しようという、その人間展示ジャンルは、地球上で発見されるすべてのものを〈記号〉として配列していこうとする植民地主義的蒐集熱が、ヨーロッパ精神に巣食うグロテスクな欲望と解釈されうるものである。

また、動物を見世物にするといえば、考えられるのがサーカスや動物園であろう。イギリスにおいて、一八二七年にはじまるリージェントパーク動物園も、一八二五年の動物学会の設立により娯楽というよりも研究を目的として始まった。開園以来、学会員から全住民へと広がりをみせる動物園の人気は、「動物園はいちばん人気のある展示場」とする一八七〇年一月四日付けの『デイリー・テレグラフ』の記事に明らかである。「ベルトランとビミ」のハンス・ブライトマンがベルトランと遭遇するのは、彼が一八七九年から一八八〇年にかけてマレー諸島で博物学的標本の蒐集をしていたときであり、動物園が大衆娯楽として盛り上がりを見せている時と時期を同じくしている。

ロンドン動物園がオランウータンを入手したのは一八三七年、その雌のオランウータンは暖房の効いたキリンの小屋に入れられ、ジェニーと名付けられる。彼女は冬を生き抜いて展示された最初のオランウータンであった。次のオランウータンも同じくジェニーと名付けられ、ヴィクトリア女王に拝謁する。女王は、上手にお茶の仕度をし、命令には従順に従うこのオランウータンが「ぞっとするほど、胸が痛くなるほど、不愉快になるほど、人間であった」という感想を述べたといわれている（Raby, 182）。一八三八年一月十三日付けの『ミラー』誌に掲載されたジェニーは、洋服を着せられ、右手に果物を持ち、左手で何かを飲んでいる。この姿にもはや野生のオランウータンの面影はない。

『ミラー』（1838年1月13日付）

一九世紀になって動物にも感覚能力がある

ことが次第に認識されはじめると、動物保護運動がイギリスを中心におこってくる。類人猿の研究に伴う人間と動物の身体的類似は、動物愛護の重要な論拠となり、加えて、快楽を求め苦痛を避ける功利主義的道徳がイギリスを支配することによって、人びとは、動物の「痛み」という感覚にきわめて敏感になり、動物に対する同情心を抱きはじめ、感情移入をするようになってくる。その結果、一八七六年にはイギリスで動物虐待防止法案を成立せしめたほどである(ターナー、20-2参照)。

ブライトマンは、ビミが「獣ではなく、人間であった」と言っている。しかしこの言葉を字義どおりに解釈すべきではない。この言葉は、獣の獰猛さを知り尽くしているナチュラリストの言葉であって、彼が本当に、ビミは獣ではなく人間そのものだと解して発した言葉ではない。当時、ヴィクトリア朝時代の動物園に訪れた人々が、人間そっくりな動物たちの仕草に一喜一憂して放った言葉そのものであったことを思い出す必要がある。人びとは、動物と人間との生物学的な同一性を受けとめた一方で、つねに自らと「動物」との差異を模索していた。人間は動物からの進化系列の頂点に立つものとして存在するのであり、動物とのつながりは認めつつも、人間とは同一ではないという意識が根底にはあった。サルは、人間に似れば似るほど、不穏な存在となり、動物に人間が、あるいは人間が動物に似ていれば似ているほど、人間にとっては嫌悪感を抱かせるものとなっていった。「半人間」や「半動物」といった曖昧な存在は、どちらも人間的な部分を含むが、そうではない部分が同時に顕在化され、境界線上に位置する曖昧さが人びとに不安を掻き立てたのである。ロンドン動物園にはじめてやってきたオランウータンのジェニーを見たとき、「胸が痛くなるほど人間であった」と述べたヴィクトリア女王もまた、そのとき、自身とジェニーとのあいだに明確な境界線を引いていたことは間違いない。

万国博覧会にみる商品と人間の混在した展示は、それらを支配する大英帝国の偉大さを目に見える形で示した。そこを訪れた観客たちは、偉大なる大英帝国の一員としての自己と、劣等の「他者」を反照させることで進化の頂点に置かれた自己をそこに見出したのである。

前述のように、ハンス・ブライトマンがベルトランに出会ったのが一八七九年から一八八〇年のあいだ、ベルトランとビミの共同生活が十二年にも及んだことから、ベルトランがマレー諸島に移り住んだのが少なくとも一八六八年以前、つまり、この一八六八年から一八九〇年あたりの時期のマレー諸島は、ヨーロッパ諸国による植民地争奪戦の舞台であった。ことに一八七〇年以後は、東南アジア諸国への西欧による進出が、きわめてはっきりとした形をとって進められていた。イギリスは全ビルマをその支配下に組み込み、その保護権を、マレー半島から北ボルネオにまで拡大し、オランダは全スマトラを最終的にその東インド領に加えていた。フランスはといえば一八六〇年以降、東南アジアへの舞台へ再登場して、インドシナにおける近代的植民地開発の基礎を築いている。

マレー諸島における植民地状況は、サラワクと北ボルネオというボルネオの一部と、マレー、シンガポールといったイギリス領を中央において、その北にはフランス領インドシナ、その南東から南西にかけて、オランダ領東インドが横たわっているという構図になる。

マレー諸島を舞台とした「ベルトランとビミ」の物語には、ドイツ人、フランス人、イギリス人というヨーロッパ勢ばかりが登場し、現地の住民は、のちにベルトランの妻となるフランス系の混血の女性と、「人間そのもの」のようなオランウータンのビミだけである。まさに当時の植民地状況を表わした表象のテクストとして読むことができる。

捕獲したオランウータンの奇声に怯えるイギリス人らしき「私」は、船中で、オランウータンの扱いには自信あり気なドイツ人と出会う。このドイツ人から、「私」は、まさに自身にとっては〈悪夢〉のような、「ベルトランとビミ」のエピソードを聞く。「私」の動揺ぶりは、このような話を悠々と煙草の煙をくゆらしながら話すブライトマンに対して抱かれる脅威とも受け取れる。そしてこれは、大国イギリスが、一八七一年になってはじめて統一を果たし遅まきながら植民地戦線に乗り出してきたドイツへの脅威を物語るテクストとしても考えられてくるだろう。大英帝国の終末の構図が象徴的に寓話化されているといえるのである。

一八七〇年から七一年に渡る普仏戦争において敗戦を帰したフランスは、ドイツへの復讐心を植民地拡張への闘志で相殺していた。このことを考えれば、いささか単純ではあるが、フランス人ベルトランと、ドイツ人ハンス・ブライトマンの対立構造は比喩的な意味で国と国との対立となる。しかしながら、「脱獄囚」と噂されるベルトランが、何らかの理由でフランスからマレー諸島に移り住んでいることや、ハンス・ブライトマンが〈英語話者〉であることを考えるに、彼らが単純に「フランス」と「ドイツ」の代表とはいえないことがむしろ興味深く映ってくるのである。

4 「ハンス・ブライトマン」という文化的アイコン——キプリングとチャールズ・リーランド

実は、この「ハンス・ブライトマン」なる人物は、キプリング自身が考案したキャラクターではない。アメリカの作家チャールズ・ゴドフリー・リーランドによる喜劇散文詩「ハンス・ブライトマンのバラッド」に示唆を受けた（Page, 118）ものであることが分かっている。

リーランドの「ハンス・ブライトマン」とは、一八五七年、リーランドが『グレアムズ・マガジン』誌の編集者時代に同誌のコラムの余白を埋めるために即興で書いたバラッドの主人公の名前である。このバラッドがきっかけとなって、「ハンス・ブライトマン」の人気に火がつき、ブライトマンは、アメリカのみならずヨーロッパにおいても爆発的人気を博し、リーランドを瞬く間に時代の寵児に押し上げた。ドイツ語訛りの英語で書かれたこのバラッドは、事実上、アメリカにおける〈方言詩〉の草分け的存在といわれている。

キプリングとリーランド、この両者の「ハンス・ブライトマン」に共通しているのは、いずれもこのキャラクターがドイツ語訛りの強い英語を話している点にある。リーランドが創造したこの人物の国際的ブームに肖ったとみられるキプリングのハンス・ブライトマンは、リーランドに照らして考えることでどのような人物像を呈示しえるのか。以下にリーランドについて考えることから始めたい。

チャールズ・リーランドとは、ペンシルヴェニア州フィラデルフィア生まれのユーモア作家でエッセイストとして名を馳せたアメリカの作家である。彼は一八四五年にプリンストン大学を卒業したあとドイツに渡り、ハイデルベルク大学、ミュンヒェン大学、そしてフランスのソルボンヌで学んだのち、一八四八年にフィラデルフィアに戻り、一八五一年には弁護士の資格を得るがその道を選択せず、ジャーナリズムに転向するという遍歴を経ている。

「ブライトマン」シリーズの喜劇詩が大ブレークを起こすのは、何よりもまず、「ハンス・ブライトマン」というコミカルなキャラクターと、ドイツ語訛りの英語がそのまま文字化されたことが人びとに笑いを誘ったことによる。

一八五七年に『グレアムズ・マガジン』誌の余白を埋めるために書いたバラッドが掲載となったあと、リーランドは「ハンス・ブライトマン」を主人公としたバラッドを次々と執筆した。その多くは彼の友人たちに送られることによって内輪で密かなブームとなり、友人たちの勧めで、バラッドが一冊本にまとめ上げられることになる。そのためなのか、*Hans Breitmann's Barty with Other Ballads*としてバラッド集が刊行されたのは、雑誌掲載から十年ほど経過した一八六八年のことであった。もっとも有名なブライトマン・バラッドから、リーランドのバラッドの特徴を考えてみる。以下は全部で六連ある詩の第一連のみの引用である。

Hans Breitmann's Barty

Hans Breitmann gife a barty;
Dey had biano-blayin',
I felled in lofe mit a Merican frau,
Her name vas Madilda Yane.
She hat haar as prown ash a pretzel,
Her eyes vas himmel-plue,
Und vhen dey looket indo mine,
Dey shplit mine heart in dwo.

(Leland, *Ballads*, 34)（下線部引用者）

ドイツ語と英語という同語族を組み合わせる言語混成を可能にしたリーランドの大胆な試

みは、「ブライトマン」バラッドの最大の魅力を引き出している。このバラッドの英語に見られる顕著な特徴として、特に下線部に見られる単語に、子音の軟音と硬音に混同がみられることである。例えば、<party>は、上記の英語でいう<barty>、<give>が<gife>、<two>が<dwo>というように、この音の入れ替えが、無声子音と有声子音が入れ替わる「グリムの法則」(Jacob Grimm's law)に関連し(Smith, 255)、音の変化は、ある程度規則的なものとなっていることがわかる。

バラッドの単語のスペリングを例にとると、"name", "heart", "sound" などの「英語」と、"mit", "und", "himmel", "frau" などの「ドイツ語」の単語レベルでの混在があるのは一目瞭然である。それに加えて、文字のハイブリッド、つまりは、英語でいう "nothing" が、単に "nichts" や "nix" という「ドイツ語」に置き換えられるのではなく、例えば "nodings" というような、ドイツ語でも英語でもあるような、あるいはどちらでもないような、ハイブリッドな単語が用いられるときがある。「音」がハイブリッドな文字に変換されていることに気づく。

また、彼の言語上の技巧として、引用にはないが、例えば“cosmopolite”を“moskopolite”というように、ある単語の音節の位置を入れ換えた頭音転換（spoonerism）を用いたり、“happy to announce”を“happy to denounce”にすりかえるマラプロピズム（malapropism）を応用して、擬音語の潜在的な滑稽さを活用している（Kersten, 41）。最初のブライトマン・バラッドが出たときは、こうした試みがまだ目新しいものであったため、実際、この一風変わった独自の詩の書き方を編み出したことが、リーランドの功績と見なされるに至ったのである。

リーランドに続いて方言詩を普及させたブレッド・ハートは、ハンス・ブライトマンが「面白いということ以上に何かを伝えている」として、それこそが「ブライトマンの魅力」（Harte, 196）だと絶賛し、レズリー・スティーヴンも、「ブライトマン」が、かつてアメリカ社会で大きな勢力を持っていたドイツ人たちの、強くて勇敢で哲学的なところのある性質と、それでいてユーモアに満ち溢れた性質を見事に体現していると批評した（Stephen, 345）。

チャールズ・リーランド

だが一方で、このバラッドが「読み書きのできないドイツ系移民を諷刺し、戦争や宗教、あるいは旅行などを話題にして、彼らの弱点を嘲るものであった」(Jagendorf, 215) と評するものや、「歪んだ文法と誤綴字で書かれた如何わしいユーモア」(Anon., "rev. of Hans Breitmann's Ballads.") とする批評も存在した。

当時、このバラッドで使用されたドイツ語訛りの英語を表わす正確なタームがなく、それは、「半分アメリカナイズされたドイツ人のブロークンな英語」(broken English of the half-Americanized German) とか、「雑駁とした英語」(mongrel English)、「奇妙なドイツ語英語」(peculiar German-English)、「オランダ語英語」(Dutch-English)、「ダッチ・アメリカン」(Dutch-American) とさまざまに表現された。例えば、ウィリアム・ディーン・ハウエルズによる『アトランティック』誌上での書評や、その後、『名士録』（*Men of the Time*）における「リーランド」の項目を見ると、バラッドが「ペンシルヴェニア・ダッチ」の方言で書かれたとされている。事実、その後、トリューブナー社から出たバラッド集の序文には、バラッドの言語を「ペンシルヴェニア・ダッチ」の言語と混同してはいけない旨が記載されるに至る。

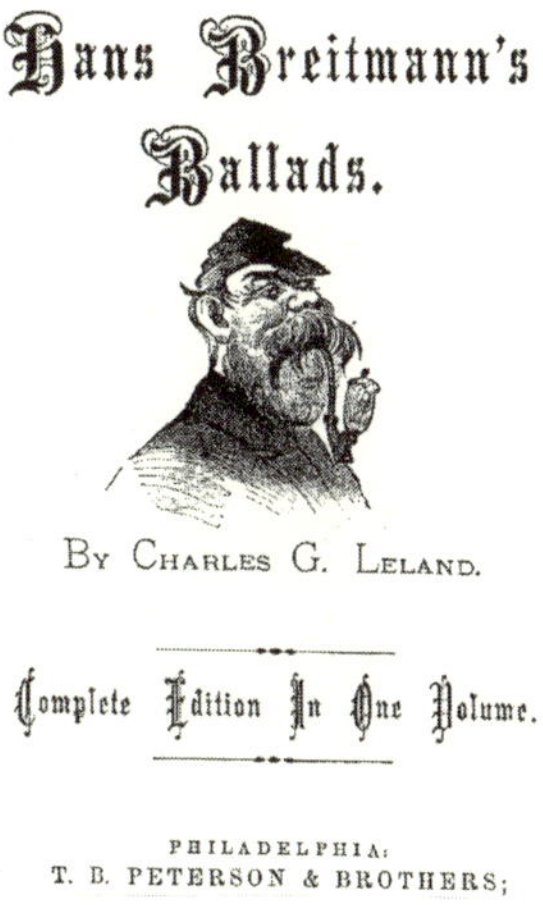

Hans Breitmann's Ballads
の表紙

当時の移民たちが移民先の言語を話すその話し方が追加された形で、地方の方言は、ある民族に特有な「エスニック方言」と呼ばれうるものに補完されていく。こうした、入国移住者の母国語からの干渉を伴った「英語の異形」が、文学の表現形式のひとつとなったとき、この特異な言語の問題は、ハンス・ブライトマンの場合、特にアメリカから見た「ドイツ人」

リーランドによるハンス・ブライトマンの口絵とタイトルページ

の言語や文化・歴史を皮肉ったものとして解釈されることにもつながった。英語という言語の不完全な使いこなしから、彼らを低俗な民族として笑い者にするという、ある民族集団に対する軽蔑的な態度を意味することになりかねなかったからである。

リーランドの「ハンス・ブライトマン」は「ドイツ人」ではなく「アメリカ人」である。だが、このキャラクターが多くのアメリカ人の笑いを誘ったのは、彼が「アメリカ」から見た場合には「アメリカ人」ではなく「ドイツ人」であったからである。

5　キプリングのリーランドの「ハンス・ブライトマン」

キプリングの短編には、ハンス・ブライトマンが登場する話がもうひとつある。「ラインゲルダーとドイツの旗」（"Reingelder and the German Flag"）である。この話は、ラインゲルダーというナチュラリストが、「ジャーマン・フラッグ」という猛毒を持つサンゴヘビに夢中になり、ハンス・ブライトマンの忠告に従わなかったために、このヘビに殺される話である。このハンス・ブライトマンは、片手に葉巻を持ちピンク色のパジャマ姿で登場し、日がな一日ビールを豪快にあおっている。そのコミカルで酒好きなキャラクターは、リーランドのハンス・ブライトマンのイメージに近いものがある。このハンス・ブライトマンもまた、ドイツ語訛りの英語を話している。

方言を話す人物を小説の中に登場させて書いたのは、もちろんキプリングだけではない。

チャールズ・ディケンズをはじめとする一九世紀の文豪たちの作品において、すでに標準英語を話さないキャラクターたちは登場している。一八世紀から一九世紀にかけての「英語」の標準化運動がOEDを頂点とし、「卑しい」起源から「進化した」ヴィクトリア朝英語への言語進化論が整備されてくると、その一方で一八七〇年代から、方言に対するいっそう学問的な関心が高まりをみせてくる。その背景には、言語学者たちが〈音〉の変化に規則性を求め始めたことからきているというが、同じく一八七〇年代から国際的人気を博したリーランドのハンス・ブライトマン・ブームの、ある意味で規則的な〈音〉のずらしも、これと無関係ではないであろう。

OEDの編纂が始まったのは、「ベルトランとビミ」が執筆された年のちょうど前年にあたる一八八八年であり、一八九八年から一九〇五年にはライト編纂の『英語方言辞典』（*The English Dialect Dictionary*）が刊行されてくる。このような一九世紀末の辞書編纂の動きは、言語統一化への熱意と、同一起源を拒む「方言」研究への限りない興味が連動していることの裏づけとなっている。

レイモンド・ウィリアムズが指摘しているように、一八六〇年以降、イングランドの階級構造が決定的に変化を遂げて、教養人の用いる慣用法が中産階級のそれと同一視されるなかで、この一九世紀になってはじめて、話し言葉を意味する「標準英語」という概念が出はじめ、この「標準」がもはや「共通」ではなく「基準」という意味合いを含んで「階級的話し言葉」という新しい概念が意識されてくる（Williams, 320）。

このような時代のなかに生きたキプリングが、言語に対して高い意識を持っていたことは決して不自然ではなかったはずである。[1] 加えてキプリングは、ウルドゥー語（印欧語族インド語派の主要な言語でパキスタンの公用語、またインドでも多く用いる）をはじめとして、ヒンドゥスターニ語（北部インド・パキスタンで広く用いられる言語、その文語変種はインドではヒンディー語、パキスタンではウルドゥー語としてそれぞれの公用語となる）、つまり、インド－パキスタン亜大陸のリンガフランカをよく知っていた。特にパンジャブ語には精通していたといわれる。キプリングは英語を話せるようになる以前に、ウルドゥー語を習得していた。幼い頃、彼は両親と英語で会話するときには、頭のなかでウルドゥー語から英語に翻訳しながら、きわめてたどたどしい「英語」を話したと言われている。彼が自叙伝のなかで書いていることは、ウルドゥー語、もしくはヒンドゥスターニ語は、その語で「物事を考え、夢を見る」(Kipling, *Something*, 3) 言語であったということである。

キプリングの数々の作品には、至るところにアラビア語やペルシア語、ウルドゥー語、ヒンディー語そしてパンジャブ語の語(句)が散りばめられている。そしてそれらが必ずしも英語に翻訳されているわけではないことが、その場の状況や会話をリアリスティックに生き生きと伝える機能を果たしている。彼の描く「インド人」たちの話し言葉は、現地の土地言葉に極めて近いという指摘もある(Duffy, 344)。土地言葉が多用されている例は、特に兵士ものの物語群に多くみられるといってよい。[2] キプリングのいくぶん意図的な方言使用は、おそらく「キプリング風」(Kiplingesque) と呼ばれる特性の構成要素をなすものの一端であったに違いない。ハリー・リケッツが "Kiplingesque" というとき、それは彼の兵士への同情や共感、そして「大衆性」を指していた (Ricketts, 162)。

だが例えば「スドゥーの家にて」(1886) における登場人物ジャヤヌーが、ウルドゥー語で叫ぶ言葉〝Asli nahin! Fareib〟など、英語に翻訳されていない例がある。イズラムによれば、これは英訳すると〝not real〟Fraud〟(Islam, 18)となり、翻訳されないことによって、この言葉の持つ音が、神秘性や驚異の感覚を倍増させる役割を果たしているようでもあるが、逆に、かつてラシュディが『三人の兵士』や『黒と白』に登場する「インド人」について指摘したことがあるように、彼らが多くの場合において、いわゆる「英語」を話しておらず、〝Ahoo Ahoo!〟や〝Ahi! Ahi!〟といったような感嘆の声しか発していない(Rushdie, 77)こと、これによりインド人たちが感情を抑えられない理性に欠けた民族であるということを示唆しかねない問題もある。ジョージ・オーウェルもまた、キプリングの詩にみられる下層階級の話し言葉の模倣が「歪んだ階級的視点でものを見ている」(Owell, 221)ことになっていると批判している。前述したリーランドにも見られたような指摘がここにもある。

しかしながら、これとは裏腹に、キプリング自身は方言使用に関して、「読者に方言であると分からせればそれでいい」(Pinney, 104)のであって、解読できないような方言使用は無意味であるという趣旨ことを、かつて、ある見習い作家から意見を求められた際に手紙で書き送っている。[3] そしてこの意図は、キプリングがリーランドを借用する際に顕著に現われている。

キプリングが、「ハンス・ブライトマン」という登場人物を作品の中に用いたのは、「ベルトランとビミ」と、「ラインゲルダーとドイツの旗」の二編のみであったが、実は彼は、他の作品における冒頭のエピグラフに、リーランドの「ハンス・ブライトマンのバラッド」を抜粋で借用している。[4] バラッドは「必ずしも正確に引用されているわけではなく」（Green, 10）、リーランドにみられる発音の強い訛り、例えば“shoorch”が、キプリングの手によって“church”に直され、“moost shteal”は“must steal”に書き換えられるなど、訛りの部分に訂正がみられる。[5]

キプリングは明らかに、リーランドのバラッドを参考にして、「訛り」だと分からせる程度にリーランドを模倣しているだといえる。だが、キプリングがエピグラフにリーランドの詩を使ったことは、インド駐留英軍のアイルランド兵士であるマルヴェイニーの役に、リーランドのハンス・ブライトマンのキャラクターを重ねようとした試みであった。

ハンス・ブライトマンは、ビール好きで恰幅のよい、コミカルなキャラクター性を有し、ラブレーのパンタグリュエルの相棒パニュルジュを想起させ、「ドイツ系アメリカ人版のフォルスタッフ」（Stephen, 344）と形容された。彼は時にはただの酔っ払いであり、時には政治家となり、また軍人としてバラッドに登場して読者を笑わせた。一八七一年版以降の「ブライトマン」バラッドの序文で、リーランド自身も認めているように、ハンス・ブライトマンは「一八四八年の時代精神」（spirit of '48）が体現されているキャラクター（Sloane, 262）としての顔を持っている。一八四八年は、狭義でいう、フランス二月革命の余波をうけて「ドイツ」でも起きた三月革命をいうが、四八年革命はまた、一八四八年から四九年にかけてヨーロッパ全体に同時多発的に起こった革命を総称してもいわれるため、その歴史的意味は深い。ドイツに関して言うなら、はじめてのドイツ国民議会が召集され、ドイツ国家統一の夢へ踏み出すが、革命は統一に失敗し、このとき何十万ものドイツ人が祖国を離れ、スイスやアメリカに渡っていった。そしてそのうちの少なからぬ数の者たちが、アメリカに渡った末に南北戦争に参戦し、北軍に属して戦った。リーランドは、「戦闘中のブライトマン」

（"Breitamnn in Battle"）、「メリーランドでのブライトマン」（"Bretimann in Maryland"）といった南北戦争を取り扱ったバラッドをシリーズで書いている。ハンス・ブライトマン率いる軍の軍隊は、教会に宿営し、教会の側廊でウィスキーをがぶ飲みする無作法な族であったりするのだが、仲間である亡命者がオルガンで奏でるメロディに静かに耳を傾け祖国を懐かしむ一面を持ち合わせた、シニカルで苦い人生経験を背後に持っている者たちである。その意味で、キプリングのマルヴェイニーには、リーランドのハンス・ブライトマンの「一八四八年のやつれた亡命者」（Tompkins, 225）の顔が重ね合わされているといえるのである。

6　放浪者たちの回想

ドイツからアメリカへ、ドイツ革命からアメリカ南北戦争へ。リーランドのハンス・ブライトマンは、そのコミカルなキャラクターの裏に祖国を後にしてきた移民を祖先とするドイツ系アメリカ人の薫りを湛えた放浪者である。その姿は、アメリカ、ドイツを叉に掛け、ジプシーやインディアンの研究に没頭し、最後はイタリアで余生を送るリーランド自身との分身性を強く感じさせている[6]（Pennell, vol.1., 354）。そしてキプリングもまた、自らの旅行記の中で各地を渡り歩く自分の姿を「ハンス・ブライトマンのように」（Kipling, *FSS*, 16）と形容していた。

ハンス・ブライトマンが「私」に向かって語る物語は、あくまでも放浪者の記憶としてあった物語として物語の枠内で語られるべきものであった。ベルトランが愛情を込めて手飼いにした（つもりの）ペットに愛妻を殺められ、そのペットを自らの手で殺めることになった顛末、これは直ちに、当時の英国がオランウータンのような原住民を、「文明化」させるためにペット化した自らの行為の反照となっていることはいうまでもない。ベルトランとビミの物語は、まさにリーランドのハンス・ブライトマンの姿を借りた、放浪のナチュラリストにこそ語らせる必要のあった〈悪夢の文学〉だったのである。

一九世紀後半イギリス・ヴィクトリア朝時代における東洋と西洋の奇妙な越境性、あるいは両者の混淆的表象は、その背景として、キリスト教信仰に対する不信の時代を反映している。それは、次章にみるように、西洋が東洋のスピリチュアリティを取り入れていく、思想的オリエンタリズムたる心霊主義が、時代の趨勢と相俟って、当時のロンドンを席捲していたことに深い関わりがあるといえるのである。

■註

（1）キプリングは、一八九三年のニューヨークへの旅行の際に、マーク・トウェインやウィリアム・ディーン・ハウエルズなどと出会い、十月にはアメリカ著作者協会（The Association of American Authors）に参加してアメリカの文人たちの交流をはかっている。その際、方言詩人のジェイムズ・ライリーとも知り合いになっており、キプリングがライリーの詩“That Young Un”を賞賛したというエピソードがある。すでにその三年前、キプリングは“To James Whitcomb Riley”と題する詩を書いており、ライリーとの関係性がうかがえる。ハリー・リケッツは、地方色のある主題を持ち、土地言葉を使用する作家として、キプリングとライリーの共通点を指摘している（Ricketts, 197-98）。

（2）例えば、ほんの一例に過ぎないが、インド駐留英軍のアイルランド兵士マルヴェイニー（Mulvaney）、臆病で小柄なコックニーのオーセリス（Ortheirs）、大柄で不器用なヨークシャーのリアロイド（Learoyd）が登場する物語群、“On Greenhow Hill”, “The Courting of Dinah Shadd”（両者とも*Life's Handicap*に所収）、“His Private Honour”（*Many Inventions*に所収）、

"Dray Wara Yow Dee"（*In Black and White*に所収）、や"In the Presence"（*A Diversity of Creatures*に所収）などがある。

（3）かつてキプリングは、フレデリック・カウルズという見習作家から自作の作品を送られてコメントを求められたことがあった。一八九三年七月十九日付けのキプリングからカウルズに宛てられた手紙には、キプリングが彼に実用的なアドバイスをしつつ激励し、方言使用に関して言及している箇所が見受けられる。カウルズの書いた方言が「不必要なまでに誤綴り」になっていることを指摘しつつ書かれたものである。

（4）短編集『人生のハンディキャップ』のなかの「クリシュナ・マルヴェイニーの化身」にはエピグラフとして次のようにある。

Wohl auf, my bully cavaliers,
　We ride to church to-day,
The man that hasn't got a horse
　Must steal one straight away.
・　・　・　・　・[sic]
Be reverent, men, remember.
　This is a Gottes haus.
Du, Conrad, cut aong der aisle.
　And schenck der whiskey aus.
'Hans Breimann's Ride to Church.'（Kipling, *LH*, 3）（下線部引用者）

このエピグラフには下線部にあるように"Hans Breitmann's Ride to Church"というタイトルがわざわざつけられている。実は、リーランドのバラッドにはこのようなタイトルの詩はないのだが、"Hans Breitmann's Going to Church"というタイトルのバラッドがあり、キプリングが引用したと思われるスタンザが第十三スタンザにある。

"Wohlauf mine pully cafaliers,
　Ve'll fide to shoorch to-day,
Each man ash hasn't cot a horse
　Moost shteal von, rite afay.

Dere's a raw, green corps from Michigan,
　Mit horses on de loose,
You men ash vants some hoof-irons,
　Look out und crip deir shoes."
　(Leland, 104)（下線部引用者）

リーランドとキプリングの詩行、共に第一行目、"Wohlauf"には、英語で"Well, come on, cheer up."となるというトリューブナーによる注がついている（Leland, 317）。

（5）キプリングは、言語学者で語源辞典の編纂などで名高いウィリアム・スキートと交流があり、スキートの著作『マレーの魔法』を贈られている。マレー語で書かれたマレー伝説にスキートが英語で註をつけているものだが、このマレー語の一部が、キプリングの『なぜなぜ物語』（一九〇二年）の中の短篇"The Crab that Played with the Sea"に引用されている。だた、そのマレー語の使い方に誤りがあると指摘されている（Smythies, 35）。この短篇では、次のようにマレー語の意味を英語で解説する形になっている。① "Kun?" said All-the-Elephant-there-was, meaning, "Is this right?" ② "Payah kun," said the Eldest Magician, meaning, "That is quite right."(Kipling, JSS, 144) この両方に出てくる "kun" は、この物語の中で何度も繰り返し出てくる言葉であるが、この語が英語で "right" を意味することになっている。しかしこれは誤りで、"right" に相当するマレー語は "baik" もしくは "betul" であり、このマレー語の使い方は間違いであるというものだ。

（6）ハンス・ブライトマンは、その容姿とともに、リーランド自身に酷似しており、『ペル・メル・ガゼット』も、「ブライトマン・バラッド」がリーランドの「バーレスクな自伝」であると称している（Anon., "Humour and Versatility Embodied."）。

第2章 キプリングとマダム・ブラヴァツキー神智学

1 融通無碍に変容する〈東洋／西洋〉折衷思想

一九世紀後半、西欧の精神世界に多大な影響を及ぼした女性がいた。マダム・ブラヴァツキーそのひとである。ロシア南部に生まれた彼女は、若い頃よりサイキック能力にたけ、エジプトでパウロス・メタモン（Paulos Metamon）というコプト人オカルティストのもとを訪れ、また、コンスタンティノープル、チベットといった〈東／西〉アジアで、心霊術の尊師から教えを受けた経験を持つ（Murphet, 29）。その成果は、一八七五年、アメリカで神智学協会を創立することによって結実し、自らの霊媒の能力を如何なく発揮した。まもなく彼女は、アメリカを右腕のひとりであるジャッジに任せて、H・S・オルコットと共に一八八〇年インドへとわたる。キリスト教とインド哲学が混合したブラヴァツキー神智学は、聖地インドで開花し、神智学協会はここで別の展開をみせることになった。

ブラヴァツキーの神智学に、いわゆる「マハトマ」が人類を善導するという思想が生まれ始めたのがこのインド時代である。「マハトマ・レターズ」（Mahatma Letters）と呼ばれる「超人」アデプトからのメッセージは、手紙の形をとって空中から降ったり、それが突然机の上に置かれていたりするもので、のちの神智学協会のあらゆる分派が採用する手口となった。しかし一八八四年、このマハトマ・レターズのからくりが内部告発によって暴露され、その真偽をめぐってイギリスの心霊調査協会（Society for Psychical Research, SPR）の手が入り、協会は、ケンブリッジ大学出身のリチャード・ホジソンをインドに派遣した。一八八五年、協会に提出された「ホジソンの報告書」(Hodgson Report)[1]によって、ブラヴァツキーは巧妙な詐欺師と決定された。こうして、インド本部は打撃をうけ、ブラヴァツキーの権威は失墜したかにみえた。

しかしながら、ブラヴァツキーの詐欺発覚からわずか三年後に、早くも彼女をイギリスに迎え入れる計画が持ちあがる。医師のアーチボルト・ケイトリーとその従兄で法律家のバートラムが、出資の大部分を引き受けてまで、彼女のためにランズタウン街ホランド・パークに神智学協会ロンドン支部を設立したのである(Cleather, 22)。詐欺が暴露されてもなお、神智学協会の会員は依然として多かった。発明家エジソン、物理学者アインシュタインをはじめ、心理学者ウィリアム・ジェイムズ、アイルランド詩人・劇作家のW・B・イエイツなど、一時的ではあっても多くの有名人が神智学協会への加入を経験している。[2]多くの人びとが、そんなにもマダム・ブラヴァツキーに惹かれ続けたのは、一体、何故だったのだろうか。

一九世紀後半のイギリス・ヴィクトリア朝時代は、いわゆるキリスト教信仰の不信の時代であった。科学技術の進展により唯物論的世界観が優勢を占め、西洋思想は実証主義の傾向を強めて、宗教の非合理で不可解な側面を軽視するようになっていた。伝統的ヨーロッパ精神が世俗化していくなかで、人びとは、心霊と物質が同様に存在し作用していると説く心霊主義を受け入れ、あくまで心霊現象を物質的に解釈することに合理性を見出すことによって、混乱する社会的状況を克服する道を選択していった。この時期きわめて多くの心霊主義関係の団体が設立されていることが、それを裏付けているといえるだろう。[3] 心霊主義運動のメンバーは、概して、自らのキリスト教信仰への信頼を失った人びとであり、その指導者たちは、ユニテリアン主義やユニヴァーサリズムに属する者が多かった（Podmore, 217）。前者は三位一体説を排した唯一の神格を主張しキリストの神性を否定し、後者は普遍救済説を唱えていく、こうしたリベラルなキリスト教は、信仰の危機にあるキリスト教と、近代の世俗的な知を一致させて、キリスト教の教理をゆるやかにしようとするものだった。

オッペンハイムは、ブラヴァツキー神智学が「融通無碍」（elastic）であったことにより、当時の不安定な時期を生き抜いたのだと指摘している（Oppenheim, 184）。マダム・ブラヴァツキーは、いかにしてヴィクトリア朝の信仰の危機に応じて「融通無碍」に東西の思想を翻案し、従来からの神智学を変容させて、一九世紀的な神智学を形成していったのだろうか。

2 反ダーウィニズムの霊的進化論――宙吊りにされた哲学、科学、言語学

神智学(theosophy)ということばは、マダム・ブラヴァツキー以前から、西洋文明において二千年以上にわたり、ギリシア語をはじめとする他の様々な言語によって使用されてきた。"theosophy"は、ギリシア語の"theos"(神)と"sophia"(知恵)の合成語として語源的に説明され、人間には神秘的霊智があり、これによって直接神を知ることができると説く「神の智」("Divine Wisdom")をめぐる思想である。この思想は、つまり自分とは何で、どこに行こうとしているのか、ここで何をしているのか、魂はどういうものであるのか、宇宙の起源とは何か、神("divinity")について何がいえるのか、といった問いに答えるべく、太古の昔から蓄積されてきた知の集体であり、宇宙の構造とその中における人間の存在意義を、神の意志の実現過程であると考え、「神や天使からの啓示と内的直観により、認識する

さいの方法およびその認識内容を表わす言葉」（丸山、518）を意味することから、ヨーロッパ中世から現代にいたる神秘主義的思潮、例えば、グノーシス派、ネオ・プラトニズムなどの思想は、多かれ少なかれ神智学的な要素を含んでいるといわれる。

一九世紀になって、語頭に大文字を持った"Theosophy"というタームが、マダム・ブラヴァツキーの伝授をいい表わすもっとも相応しい語となり、ブラヴァツキーが一九世紀に伝授した思想を表わす記号となった。ブラヴァツキーによって、神智学は、太古からの叡智に一九世紀当時の現代的解釈を巧妙に織り交ぜたものに変容した。

彼女の神智学協会が設立される一六年前に、チャールズ・ダーウィンの『種の起源』が出版される。自然淘汰による適応的進化を明らかにしたダーウィンの進化論は、生物学のみならず人類の思想に大きな影響を与えてきたことは記憶に新しい。西欧世界では、ダーウィン以後、人間の形態の進化に対する認識は深まったが、魂の意識の進化については信じられていなかった。かりにも魂の存在を受け入れた人びとには、原罪により肉体と共に罪深く生まれてきた魂が、キリストによって贖われなければ、永遠に地獄で苦しむ運命であった。人間の「内なる」ダイナミックな進化という概念はなかったのである。ゆえにこの神智学では、「地上の生においてどのような運命を辿るかはカルマ（業）の法則に従うが、こうして人間の精神（自我）が次第に高度に発達して行き、これ以上地上回帰を必要としない段階に達したとき、人間の進化が完成する」（廣松、830）として、ダーウィンの進化論に便乗する形をとって「内なる」人間の進化論が展開された。ゆえにこれは、古今東西のさまざまな宗教や呪術を収集しては、それを進化論的に検証したものである点が特徴といえる。進化論によって否定された概念を逆に進化論的な理論で実に巧妙に補完していることがわかる。しかし、ブラヴァツキー神智学とダーウィン進化論の決定的に異なる点は、神智学では、人間よりもはるかに進化している「マハトマ」という存在を想定している点にあった。(4)

協会創立者メンバーのひとりであるオルコット大佐によれば、神智学とは「科学と哲学の相互補完」によって成り立つと述べられる（Olcott, 13）。そこで、協会が掲げている三つの基本理念をあらためて見てみたい。

まず、「人種・信条・性・カースト（身分）の差別なき普遍的友愛関係（Universal

Brotherhood）の核を形成すること」、そして「宗教・哲学・科学の比較研究を奨励すること」、最後に「自然の未知の法則と、人間の潜在能力を研究すること」（Beasant, 89）というものであった。インドでブラヴァツキーの詐欺が発覚するまでは、特に最後の三番目の理念が最重要な目的であったとされる（Murdoch, 9）。三つの基本理念をまとめると、マダム・ブラヴァツキーの神智学は、信仰や人種の区別をしないこと、東洋の言語や知識を広めること、自然と人間との内部に未だ隠され続けている霊的法則を探求することなどを主張していたことになる。分析と批判にもとづく近代西洋の科学に異を唱え、宗教や文化等の、人類の営みのありとあらゆる多様性を統一・融合させようとするこの理念は、神と人間という二元論的な世界観の克服を、理知によってではなく、純粋な「内的直観」によって満たそうとするものであった。つまり、宇宙のあらゆる事柄の中に浸透している生命の「叡智」と、あらゆる人間の内面に潜んでいる精神の「叡智」を探求しようとするこの叡智を、ブラヴァツキーは「神智」と呼んだのである（高橋、498）。

神智学協会の実際の活動は、ブラヴァツキーのもとに届けられるヒマラヤ山中の「マハトマ・レターズ」が中心であったこと、このことが第三番目の理念に通底するものであると同時に、心霊研究協会（SPR）の調査の的となったことは前述した。ブラヴァツキーが、霊界からの手紙によって霊界と交信するという、「マハトマ・レターズ」のカラクリは、本来は目に見えない霊からのメッセージを「手紙」という文字に物象化することによって信憑性を付与できている。ブラヴァツキー神智学の集大成である『シークレット・ドクトリン』には、言語進化の理論が含まれ、それはある意味でその時代のアカデミックな理論化と不気味にも類似していると説く興味深い指摘もある（Hutton and Joseph, 186）。

神智学の企図は、両義的な相のもとに展開した。より正確にいえば、「可視的な」（具体的な）現実と、「不可視的な」（神話的な）現実との間の往復運動のもとに展開していくことになる。その実体は、いかさまであり詐欺であり、しかもどこか真実を含む、虚構と現実のはざまにしか存在しえない、社会心理的でかつ歴史的で、学問的な「中間物」であった。信じる者と信じない者とで大きく見解を分かつ、真実と詐欺が表裏一体化した思想であった。

彼女の神智学の「融通無碍」な思想は、マックス・ミュラーも認めたように、ヨーロッパでは仏教に関する知識が大いに不足していたことによって、いわば「誤解されたブディズム」(Müller, 775)の普及に拍車をかけた。ミュラーのアカデミックな暴露発言は一八九三年の『一九世紀』(*Nineteenth Century*)誌に掲載されて、ブラヴァツキーの「密教」("Esoteric Buddhism")が痛烈な批判を浴び、さらにその翌年の一八九四年、インドのマドラスで神智学に否定的な立場をとるキリスト教の聖職者マードックによる著書『神智学の大流行——その歴史』(*The Theosophic Craze: Its History*)が出版されている。マードックは、オカルト現象が容易に信頼を得てしまう土壌そのものがインドにあり、インドの学者たちが「学問」として受けとめているものは、ほとんどが魔術的なものだと指摘する(Murdoch, 11)。これは、インド蔑視を強く感じさせる指摘である。

ブラヴァツキーについて著わされた書物は、オルコットやシネット、ベザントなどのブラヴァツキー賛美の聖人伝と化す書もあれば、ブラヴァツキーの詐欺を暴いた「ホジソンの報告書」を大きくとりあげ、マードックのようなキリスト教寄りの作家たちによる、ブラヴァツキー・バッシングの書もある。ブラヴァツキーについて当時の人びとが何を思い浮かべたにせよ、彼女は間違いなく、悪名高い名うての人物であったことに変わりはない。

マダム・ブラヴァツキーは、聖母でありつつも同時に堕落の人であったろうし、また、プロセローの論文のタイトル「神智学の罪びと／聖人」（"Theosophy's Sinner/Saint"）が象徴的に示しているように、彼女は、「罪びと」でありつつ「聖人」でもあった。そして、彼女の生みだした神智学は、まさに「融通無碍」に時代に適応した宗教であり、学問であり、思想であったといえる。

3-1 キプリングのテクストにみる「融通無碍」な宗教

インドにおけるブラヴァツキー詐欺報道の騒ぎが治まらないうちに、ロンドンで神智学協会支部の立ち上げが進むなか、一八八八年、キプリングが、インドの『ウィークス・ニューズ』紙上に「ダーナ・ダのセンディング」という短編を発表した。同年に、短編集『黒と白』に所収となったこの物語の冒頭は次のようになっている。

昔むかし、インドで、ある人びとが新しい天と新しい地をつくった。材料は、いくつかの壊れたティーカップと、ひとつかふたつの①失われたブローチ、そして一本のヘアーブラシであった。これらのものは、藪のかげか、または丘陵の斜面にあったいくつかの穴に詰め込まれていたものであり、下位に置かれた神々たる役人が総出で、これらのものを見つけたか、修繕し直したものだった。だから、誰もがこういった。「天と地には、われわれの哲学では夢想する以上のものがある」と。他にもいくつかの事が起りもしたが、この宗教は、最初に現したこと以上におこなったことはないようには思われた。もっとも、それは、時勢に遅れないようにするために、②空中経由の郵便サービスをそこに加え、調和よく組み合わされた効果をもたらした。（中略）この宗教は、余りにも③融通無碍であるため、通常使用することはできなかった。（Kipling, *BW*, 284）（番号および傍線引用者）

昔々、インドである人びとが「壊れたティーカップの破片や、ひとつかふたつの失われたブローチ、そして一本のヘアーブラシから」新しい世界観を創りだしたという冒頭は、奇妙な宗教の説明から始まる。この宗教は、時代の趨勢に遅れないよう②「空中経由の郵便サービス」を加えて「調和よく組み合わされた効果をもたらした」となっている。②については『オックスフォード英語辞典』（*OED*）に次のようにある。

air-line: b. In nonce attrib. use: Sent through the air
The reference is to letters dropping through the air as a theosophical manifestation in India.
1888 KIPLING *In Black & White* 66 The Religion never seemed to get much beyond its first manifestations; though it added an air-line postal *dak*, and orchestral effects.[5]

このように、キプリングのこのテクストからの引用が用例として掲載されており、“air-line"は空中を経由することによる最短距離の意味を表わす一九世紀になってからの用法であることも読みとれる。そして、「空中から送られる」意味の限定的用法として、「インドの神智学的顕現として、空中から落ちてくる手紙」に言及するものとされている。この「インドの神智学的顕現」とは、明らかにマダム・ブラヴァツキーの神智学を指すものである。この天井から落ちてくる手紙である「マハトマ・レターズ」が、一九世紀におけるブラヴァツキー神智学のマスター、もしくはアデプト（達人）である「マハトマ」からの通信のこと（Shepard, 1016）で、インドで発明されたことはすでにみてきた。さらに、引用冒頭の奇妙な宗教は、③のように「融通無碍」であったと説明される。これは、前述したように、オッペンハイムがブラヴァツキー神智学を表現するときに用いたのと同じ形容詞であることがきわめて興味深い。

また、①の「失われたブローチ」（missing brooch）とは一体何のことなのか。実はこれは、インドにおいてブラヴァツキーの熱狂的プロパガンディストであったシネットが『オカルトの世界』というブラヴァツキー礼賛の本の中で、なくしたブローチをオカルト・パワー

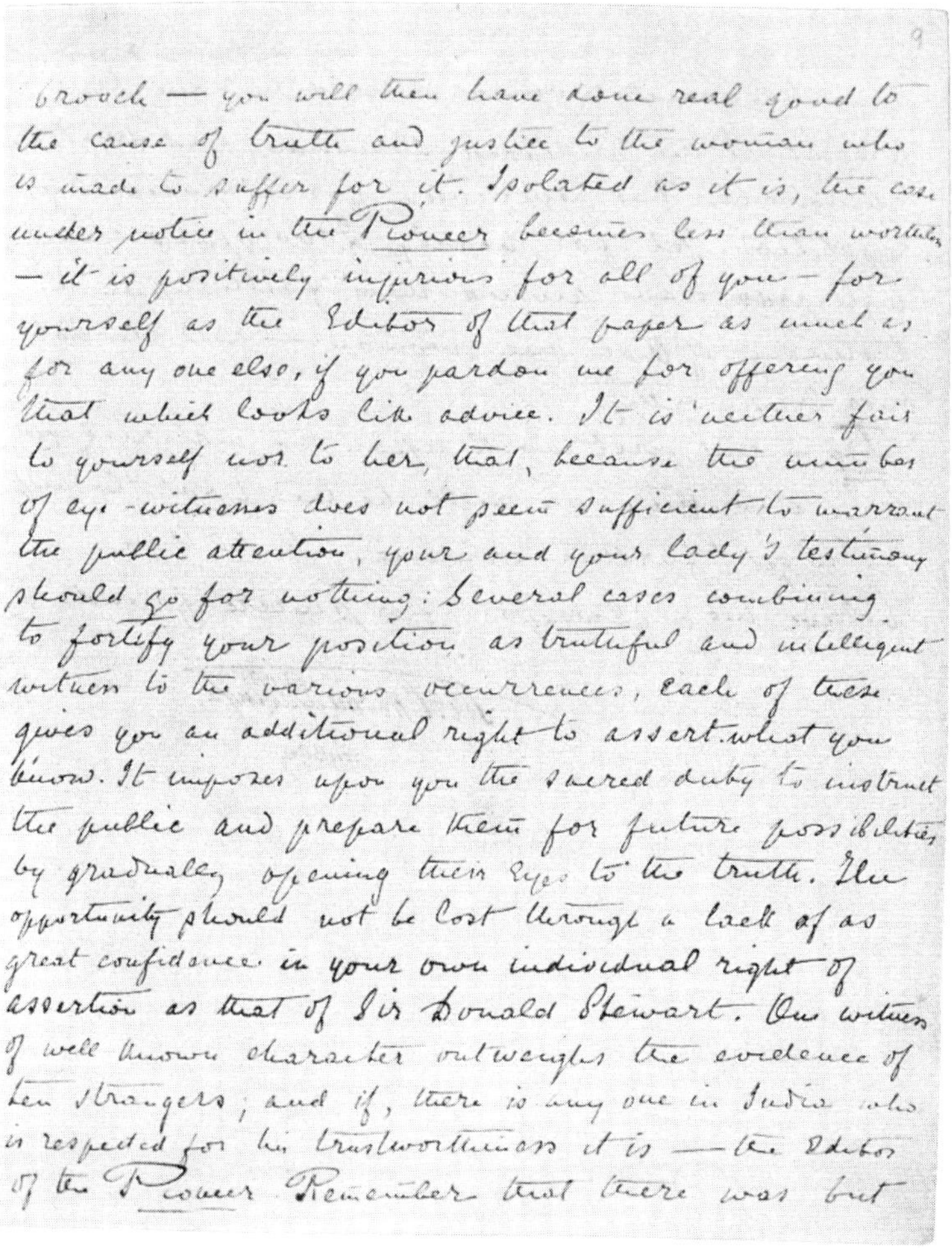
9

brooch — you will then have done real good to the cause of truth and justice to the woman who is made to suffer for it. Isolated as it is, the case under notice in the Pioneer becomes less than worthless — it is positively injurious for all of you — for yourself as the Editor of that paper as much as for any one else, if you pardon me for offering you that which looks like advice. It is neither fair to yourself nor to her, that, because the number of eye-witnesses does not seem sufficient to warrant the public attention, your and your lady's testimony should go for nothing: Several cases combining to fortify your position as truthful and intelligent witness to the various occurrences, each of these gives you an additional right to assert what you know. It imposes upon you the sacred duty to instruct the public and prepare them for future possibilities by gradually opening their eyes to the truth. The opportunity should not be lost through a lack of as great confidence in your own individual right of assertion as that of Sir Donald Stewart. One witness of well known character outweighs the evidence of ten strangers; and if, there is any one in India who is respected for his trustworthiness it is — the Editor of the Pioneer. Remember that there was but

マハトマ・レターズ

で発見するという逸話を紹介しており、そのアリュージョンと思われる。シネットの逸話を要約するとこうなる。シムラのA・O・ヒューム氏の家で開かれた夕食会で、マダム・ブラヴァツキーはヒューム夫人に、何か探して欲しいものはないかと尋ねる。ヒューム夫人は昔なくしてしまったブローチのことを口にする。日が暮れる頃になって、ブラヴァツキーはオカルト・パワーを使い、そのブローチが庭の花壇に落ちていると言い当てる。そこで実際に花壇を探した結果、みごとブローチは発見され、この事実は九人の目撃者によって実証されたとなっている。シネットによれば、この事件は「ブローチ事件」(“brooch incident”)と呼ばれる有名な出来事で、アングロ・インディアンを対象にした複数の新聞紙上で、広く議論されたことがわかっている(Sinnett, 54-57)。驚くことに、ブローチ事件はブラヴァツキーの成し遂げた「偉業」のひとつと伝えられている。しかしこの「偉業」は、SPRの調査を待つまでもなく、呆れるほどにその詐欺性は明らかである。ブローチ事件のように、無くなったはずの物質をたちどころに発見する「オカルト・パワー」は、あらかじめそれと同種のものを見つけておいて埋めておくインチキに他ならず、そのほか、“Doubling”といって、ある物質を二倍にする、もしくは同じものをもうひとつ作り出す、オカルト学に熟練した者のみができる業は、マジックの種明かしを求めるまでもなく、同じものをあらかじめ用意しておき、さまざまな演出を凝らしてそれを出して見せる、明らかに人をペテンに掛ける演技に他ならぬものであった。しかしながら、前述したように、彼女のオカルト・パワーは、ブラヴァツキー・バッシング派にとっては「詐欺」として受けとめられたものの、礼讃派にとってはまさに「偉業」であったということを心に留めておかねばならないだろう。

インド内外でブラヴァツキーの神智学が旋風を巻き起こしていた当時、まさにキプリングは、インドで執筆活動を展開していた。実は、キプリングの自叙伝には、マダム・ブラヴァツキーについて言及された箇所が次のようにある。

ひと頃、われわれの住む小さな世界は、マダム・ブラヴァツキーがその信奉者たちに教えを説いたような神智学の余韻に満ちていた。わたしの父は、この夫人とは知り合いで、彼女とは、もっぱら世俗的な話題について語り合っていたものだったが、父がわたしに話してくれたところによると、彼女は、父が今まで出会ったひとの中で、もっとも興味深い人物であり、もっとも悪辣な詐欺師のひとりであったということだ。これは、父の経験をもってすれば、高いほめことばであった。それほど幸運なことではなかったが、わたしは、当惑した面持ちの奇妙な老人たちに出会ったことがあった。彼らは、家の周囲で心霊の「顕現」が起こる雰囲気の中で暮らしていた。それにしても、神智学の初期の頃、『パイオニア』紙は混乱させられていた。同紙の編集長は、熱心な信者となって、一般読者はおろか校正係の神経にさわるほどにまで、紙面をプロパガンダに利用したのだから（**Kipling,** ***Something,*** 58）。

キプリングは、一八八二年から五年間、ラホールの『シヴィル&ミリタリー・ガゼット』紙の編集記者を経て、アラハバートの『パイオニア』紙に転属する。ここで言及されている熱心な信者となった編集長とは、先のブラヴァツキー礼讃の書を著したシネットであった。キプリングは頻繁にシムラを訪れた。その際に、彼は、インド政府の秘書エドワード・バック（Sir Edward Buck, 1838-1916）のもとを訪ねている。この会館でも、一八七〇年代に、マダム・ブラヴァツキーが「顕示」（'manifestations'）をつくり出したといわれている（Orel, 84）。彼の父親のように、これらがいかさまだと考えた者は多くいたが、ブラヴァツキーは、超自然的な力を所有していることを多くの人びとに納得させ、熱狂的支持者を獲得していったのである。この時期、キプリングがいかに神智学の余韻ただよう環境下で暮らしていたかがわかるであろう。

3-2 キプリング／オリエンタリズム／ブラヴァツキー

「ダーナ・ダのセンディング」は、教養はあったが貧乏なために金を必要としていた占い師ダーナ・ダを主人公とした物語である。ある英国人男性が慈善のためならと、占いの商売を許可してくれたため、ダーナ・ダはそのお礼に、誰か殺して欲しい奴はいないかと英国人にもちかける。英国人は、さしずめ殺してやりたいと思うような対象はいないものの、懲らしめてやりたい人物、英国人ロウン旦那《サヒーブ》の名をあげ、ダーナ・ダに報酬としての金を約束する。ダーナ・ダは「センディング」(“Sending”)をおこない、ロウン旦那《サヒーブ》がもっとも毛嫌いしている動物であるネコを、彼の周りの至る所に物象化させ、彼を困らせた。日夜ネコの亡霊らしきものに悩まされたロウン旦那《サヒーブ》は、堪りかねて仲間の心霊観察員を呼ぶというドタバタ劇が繰り広げられ、実は、一連のネコの物象化と思われた現象は、ダーナ・ダと、ロウン旦那《サヒーブ》の召使いが巧みに仕組んだトリックであったというオチがついている。

この「センディング」は、テクストの中では「アイスランドの魔術」として説明され、魔術師による念力があらゆる形をとって物象化し、「送られ主」(Sendee)を見つけてその者を殺すまで「小さな紫雲」のごとく漂って空間を移動し、「復讐祈願」(Crook, 123)として使われるものの典型として意味づけされている。「センディング」を実践するのは、アイスランド魔術においては魔術師であるが、キプリングの文脈では「チャマール」という皮細工を伝統的職業とするジャーティに属する者となっているため、アイスランドの魔術が、インドの日常生活にある悪夢にリンクされている。「センディング」はインドの魔術として、幾分パロディを交えつつも、現地のアングロ・インディアンが陥る植民地の恐怖感を煽るものとして機能している。
しかしながら、キプリングのテクストにおいて「センディング」を実践するダーナ・ダのナショナリティはきわめて曖昧化されていることに注目したい。以下は、彼の名前について説明されている箇所の引用である。

自分の名はダーナで苗字がダである、と彼はいった。さて、『ニューヨーク・サン』紙のダーナ氏のことはおいておくとして、「ダーナ」はビール族の名前であり、「ダ」は、それがベンガル語の「デ」'De'を原綴りとしているものであると認めない限り、インドのどのような現地人にも当てはまらない。「ダ」は、ラップ語もしくはフィンランド語である。だから、ダーナ・ダは、フィン族でもチン族でも、ビール族でも、ベンガル族、ラップ族、ナーヤル、ゴンド族、ロマニー、マーガ、ボクハリオット、クルド人、アルメニア人、レヴァント人、ユダヤ人、ペルシア人、パンジャブ人、マドラス人、パールシーでも、また、民族学者たちに知られる他のどんな民族でもなかった。彼は、ただ単にダーナ・ダであって、それ以上の情報を与えようとはしなかった。手短にいうためと、彼の出生をおおざっぱに示すために、彼は「現地人」と呼ばれていた。[6]

ダーナ・ダの名前は姓と名に分けて説明されていることがわかる。つまり、名のほうの「ダーナ」がビール族というインド系、姓である「ダ」は「インドのどんな現地人にも当てはまらない」もので、「ラップ語もしくはフィンランド語」とあるので、北欧系の名前だと推測されるが、姓と名が合わさって「ダーナ・ダ」となると、民族学者が知るどんな民族の名前にもない、得体の知れない、素姓の曖昧な、無国籍の人物として描かれていることが明らかである。

もとより、こうしたキプリングによる名前の説明が的確であるかどうかは疑わしい。だが、わざわざ「ダーナ」と「ダ」というインド系と北欧系の名を組み合わせたかのような名前の説明は、ダーナ・ダ自身の混血性を想起させ、インド系であり北欧系ではあるが、決して西欧系ではないことを示唆しているようにも思える。彼は、単に「現地人」（"The Native"）と呼ばれている。引用にある「民族学者たち」が、歴史的文脈から考えると「西欧系」となることを考慮に入れれば、「ダーナ・ダ」という名前が、「西欧的」な視点からすると「どこにも属さない」名前であっても、実はそれは、西欧の民族学者による知がすくい取れなかったもの、西洋が見ている地図には存在しない地理的・人種的な名であることを暗示させている。「ダーナ・ダ」の無国籍性は、ある意味で西欧の側が一言で片付けてしまう「インド人」という枠組みの見直しを迫る記号であり、一枚岩的なインド観に異議を唱える「インド」の複層性を浮かび上がらせているといえるのである。

キプリング自身が、ブラヴァツキー神智学を信じていたか否かについては、ここでの問題ではない。インドで行なわれる魔術を書いたキプリングのテクストをとおして、そこに散りばめられた神智学的記号の数々が、いかにイギリスの混迷を映し、いかにイギリスが混淆的思想を受容することになったかを、表象してしまっているかが重要なのだ。

このキプリングのテクストは、「当時流行していた心霊現象が作品に反映され」（Page,120）

「マダム・ブラヴァツキーやその神智学者たちを茶化したパロディー」（Ricketts, 156）として読まれている。しかしさらに、インドの現地人として登場する主人公ダーナ・ダが実は東西を折衷したような人物であり、彼が現地の召使いと結託してロウン旦那《サヒーブ》を欺き、その計略を指示しているのが英国人であるという構図、そしてダーナ・ダの「センディング」に右往左往する心霊観察員の姿、これをみるに、そこには西洋と東洋の対立構造ではなく、両者の混淆した思想に対するブラヴァツキー的なオリエンタリズムが見え隠れしているのである。

4　神智学協会と一九世紀インドの知的文化的胎動——独立の煽動と覚醒

神智学協会は単なる詐欺団体組織に過ぎなかったのか。いや、そうではない。合衆国で一八七五年に創立されたこの組織は、一八八〇年、インドに渡って大旋風を巻き起こし、一八八二年にマドラス郊外のアディヤールに本部を移し、一八八四年の詐欺発覚のあともなお存続した。そして、一八九一年、協会のカリスマ、マダム・ブラヴァツキーがこの世を去ってからも、一八九三年にインドにやってきたアニー・ベザントが指導権を握り、いよいよ、協会の運動は広がりをみせ、特に英語教育を受けた人々のあいだに相当な影響を与えるにいたる。ベザント夫人は、伝統的ヒンドゥーイズムの美点を繰り返し賞揚し、ベナレス(Benares)にセントラル・ヒンドゥー・カレッジ(Central Hindu College)を設立し、さらには第一次大戦期にインド自治連盟をつくって、ロークマーンヤ・ティラクなどのインドの政治家と接点をもち、インドで数々の功績を残した人物である。

一九世紀インドを特徴づけた知的、文化的胎動。これをひとことで言うなら、インド民族運動ということになろう。この運動は、近代西欧文化の影響を受けて外国勢力に敗れたという意識が、あらたなる覚醒への引き金となってはじまった。自らの広大な国土が「一握りの外国人によって植民地化されたのは、インドの社会構造と文化に内在する弱点が原因であるという認識」(チャンドラ、125)がインドの側にはあった。西欧と折り合いをつけることを拒み、インドの伝統的な思考と制度に相変わらず固執しつづける者がいる一方で、社会再生のためには近代西欧の思想を吸収しなければならないと考え始める者が出てきた。一八八〇年代になると、英語教育を受けたインド人の総数は五万に近づいていた。英語習得者の数は、一八八七年の二九万八千人から一九〇七年には五十万五千人へと急速にはねあがり、さらに、英字紙の発行部数は、一八八五年の九万部から一九〇五年には二七万六千部に達した(McLane, 4)。「英語」にまつわるこれらの〈数〉の増大は、一九世紀の知識人たちのほぼすべてが、インドには、社会的・宗教的改革が早急に必要であるという認識にたっていたことを示している。

そこで彼らが改革に乗り出したのは宗教に対してであった。というのも、宗教こそが、民衆の生活の基本的な要素だったからであり、宗教の改革なくして、いかなる社会改革もありえなかったからである。自分たちの宗教の基礎に忠実でありつつも、彼らはそれをインド人の新たな必要性に応じて再編しようとしたのである。

ここで、こうした一連の宗教改革の流れの中にブラヴァツキーの神智学協会が位置づけられることに注目したい。独立闘争へと向かう民族主義と民主主義の高揚した潮流は、社会制度とインド民衆の宗教観を改革し、さらに民主化運動にも表われた。

少し溯って考えるなら、こうした覚醒の中心にいた人物が、先のヒンドゥー・カレッジの創立者ラーム・モーハン・ローイであろう。彼はイギリスに仕えるバラモンで、最初のインド新聞を刊行、一八二八年カルカッタにおいてブラフモ協会（Brahmo Samaj）を設立し、インド宗教改革に貢献した。ローイは、ヒンドゥー社会が根本的改革を必要としていること、そしてヒンドゥー教は理性の精神に反しない外からの働きかけを歓迎することを唱えた。

イギリス文化との接触を通じてキリスト教を学んだローイ自身は、偶像崇拝をはじめとして、バラモン絶対化思想や寡婦殉死（サティー）のような習慣に反対した。しかし彼は、キリスト教が説くヒューマニティ（人間愛）の意義については称賛しつつも、その教義の受容は拒否した。彼は、偶像崇拝の否定が必ずしもヒンドゥー教の否定につながるものではないとして、人びとのキリスト教への改宗という時代風潮を批判した。ブラフモ協会の運動は、ベンガル地方の都市中間層の間で著しい発展をみている。

一九世紀後半には、同種の社会改革運動がインド各地で展開されている。つまり一八六七年にはボンベイで、かのブラフモ協会運動の指導者であるケーシャブ・チャンドラ・セーン

（Keshab Chander Sen, 1838-84）の影響の下で、プラールタナー・サマージ（祈祷協会）が発足した。その目的は、ブラフモ協会と同様で、ヒンドゥー教の教えと実践を、近代的知の光に照らして社会改革を推進することにあった。この組織の二人の偉大な指導者が、著名なサンスクリット学者で歴史家のR・G・バンダルカルと、マハーデーヴ・ゴーヴィンド・ラーナデーだった。祈祷協会は、ブラフモ協会から強い影響をうけていたといわれ、その活動は南インドにも広がった。インドの過去を過剰に美化することを厳しく批判したのである。

北部インドで、ヒンドゥー教改革に取り組んだのはアーリヤ協会（Arya Samaj）だった。同協会は一八七五年に、スワーミー・ダヤーナンダ・サラスヴァティー（Swami Dayananda Sarasvati, 1824-83）によって創設された。また、ラームクリシュナ（Ramkrishna, 1834-86）の運動は、弟子のスワーミー・ヴィヴェーカーナンダ（Swami Vivekananda）がラームクリシュナ伝道会（Ramkrishna Mission）を創設させたことにより活況を呈してくる。そして、こうした運動の延長線上に確かめられるのが、一九世紀末の神智学協会運動であった。

ブラヴァツキーの当時の心境としては、心霊現象よりも、失われた太古の叡智、特に植民地下にあって「自身を失い、西洋文明の生存競争の原則を押し付けられているインド民衆の心の中に秘められた高い霊性の方に向いていた」（高橋、498）。よって、インドの宗教改革党であったアーリヤ協会との結びつきはむしろ必須といえた。ブラヴァツキーはアーリヤ協会のリーダーと繰り返し書信での交渉を行なっている（ブラヴァツキー、52）。神智学協会との協定が成立後、ニューヨーク協会の理事長が、現地でサンスクリット学者の指導を受け、ヴェーダ文献の古代語や写本の研究などをするため、インドへ特別使節団を送るなどして、一時期ではあるが、一八七八年から一八八〇年のあいだに、神智学協会は、アーリヤ協会と一時的に密接な関係を結んでいた（Kemp, 39）。

神智学運動は、むしろスピリチュアルな面が前面にあらわれ、直接的な政治的反抗はみられなかったが、ヒンドゥー教の賛美、カースト制度の否定、そして何よりもインド人を結合させる柔軟な要素をもちえていた。神智学運動のもつ、こうしたある意味での矛盾とさまざまな要素の混淆により、まさに中間に浮遊するような存在が、実はインドの民族運動そのものにみられるパラドックスであることをオーウェンが指摘している（Owen, 391）。

一八八〇年代における神智学協会運動は、ヒンドゥーの抵抗運動を大いに駆り立てるものだったとコプリーは指摘する（Copley, 185）。また西欧世界においても、一八八一年以降の時代状況を述べるにあたって、卓越した偶像破壊主義者として知られるエドワード・カーペンターは、神智学を論の中心に据え、「目がくらむような熱狂的な時代であった」（Carpenter, 245）と回想している。社会主義者と無政府主義者のプロパガンダ、フェミニストと婦人参政権論者の大改革、労働組合の巨大な成長、神智学運動、演劇・音楽・美術における新しい潮流、宗教の世界でも変化の潮流が見られた（Hyne, 135）。すべての水流・源流が合わさって大河を形成したようだった西欧世界、ことにイギリスにおける時代思潮は、神智学協会にみる二重構造に翻弄されるかのような様相を呈していたのである。

5 文化の「仲介人／黒幕」としてのマダム・ブラヴァツキー

キプリングのテクストにおいて、アイスランド起源の単なる魔術であったはずの「センディング」は、その「融通無碍」な宗教との関わりから、エジプト、アメリカ、インドを経由してロンドンに〈移動〉したブラヴァツキー神智学の思想性が付加され、主人公ダーナ・ダの在り方がブラヴァツキーの位相に変換させられる可能性を見てきた。それにより、ブラヴァツキーの「無国籍性」が逆に照射され、彼女の折衷思想が、「東洋」と「西洋」という枠組みを解体し、あらゆるものの「あいだ」に浮遊する編成体として、融通無碍にその姿をあらわした。

彼女の思想が「融通無碍」と形容される視点には、双方向的な力の構造があったといえる。一つは、彼女が一九世紀初期のロマン主義的発想を戦略的に用いて、西洋人が東洋に対して抱く神秘のイメージを採用し、西欧の宗教信仰者たちが直面していたさまざまなジレンマに対して、インドの宗教こそがその解決策を内包していると説いたということ。さらにいうなら、科学がヴィクトリア朝の道徳観につき付けた挑戦に折り合いをつけるために、彼女はヴィクトリア朝のオリエンタリズムを利用し、西洋人に対して古代の知の源泉がインドにあることを述べるために、オカルトの伝統を「翻案」(adapt)した(Bevir, 764)というものである。二つめは、当時イギリス統治下にあったインド側からの視点である。インドは、〈他者〉との遭遇によって新しいイデオロギーが否応なく入ってくることから、ヨーロッパ思想の輸入と拒絶との間に揺れ動いていた状況下にあった。そこから浮上してくるインド民族運動といわれる運動は、単に「ヨーロッパで一般的に考えられている民族主義、共通の言語、領域、人種的特徴に基づいた自治への共通の願望」ではなく、むしろそれは「古い思想と新しい思想との混合」(スピィア、153)として捉えられるべきであった。だとするなら、インドにとって、それは〈他者〉に対する政治的反抗心と、伝統的社会を変革する必要性の両方が同時発生的に顕在化した運動であったはずである。両方の力学のはざまで、神智学は「仏教やヒンドゥー教の思想家たちが西洋的な意識に介入していくさいの主たる媒介」(Godwin, 379)となり、インド人崇拝者たちから、ブラヴァツキーが「西洋の白人女性神秘者」("white Yogini of the West")(Gomes, 284)と呼ばれていくことになるのである。

このように、東洋を西洋に、西洋を東洋に向かせる二つのロジックによって、ブラヴァツキーが東洋と西洋を結びつける上で果たした役割は大きい。プロセローの指摘するように、ブラヴァツキーという人物は、実に近代において東洋と西洋が遭遇する上でのまさにキー・パーソンとして、戦略的なカルチャー・ブローカー（文化の仲介人／黒幕）(Prothero, 258) であったというべきであろう。

■注

（1）ブラヴァツキーの詐欺を暴露したのは、彼女のエジプト時代からの親友であったはずのクローム夫妻であった。彼らは、ブラヴァツキーのトリックをいかに自分たちがアシストしていたを『マドラズ・クリスチャン・カレッジ』誌で証言し、その後すぐにホジソンがインドに派遣される。三ヵ月間のインドでの調査を終えたあと、ホジソンは二百頁にもおよぶ報告書を提出した。以下は心霊調査協会の『会報』に載ったホジソン報告書の一部の抜粋である。For our part we regard her neither as the mouthpiece of hidden seers, nor as a mere vulgar adventuress; we think that she had achieved a title to permanent remembrance as one of the most accomplished, ingenious and interesting impostors in history. (*Society for Psychical Research*, 400) ホジソン報告書の詳細については、Sylvia Cranston, *HPB: The Extraordinary Life and Influence of Helena Blavatsky, Founder of the Modern Theosophical Movement.* (New York: G. P. Putnam's Sons, 1993): 265-277. を参照のこと。また、ホジソン報告書が信憑性に欠けるとして再検証を試みているものにVernon Harrison, *H. P. Blavatsky and the SPR: An Examination of the Hodgson Report of 1885.* (California: Theosophical University Press, 1997) がある。

（2）インド建国の父ガンディー（Mohandas Gandhi, 1869-1948）や、インド首相ネルー（Jawaharlal Nehru, 1889-1964）も神智学協会の会員であった経験をもつ。特にガンディーは、一八九一年、ロンドンにおけるブラヴァツキー・ロッジで神智学協会に加入していることが興味深い。Pyarelal Nair, *Mahatma Gandhi. Vol. 1: The Early Years.* (Ahmedabad: Navajian Publishing House, 1965): 259.

（3）例えば、一八六二年にはロンドン・ダイアレクティカル・ソサエティ（London Dialectical Society）が、一八七二年にはメリルボーン心霊主義協会（Merylebone Spiritualist Association）、そして一八七四年、霊媒の英国協会（British National Association of Spiritualists＝BNAS）、一八七五年、英国心理学協会（Psychological Society of Great Britain）、この年に、アメリカで、ブラヴァツキーの神智学協会（Theosophical Society）が設立となる。さらに、一八七九年にはオックスフォード幽霊学協会（Oxford Phasmatological Society）が、そしてブラヴァツキーを摘発した心霊調査協会（Society for Psychical Research ＝ SPR）は一八八二年に、一八八四年にはロンドン心霊協会（London Spiritualist Alliance＝ LSA）が、一八八七年にはブラヴァツキーをロンドンに迎えて英国神智学協会（ロンドン支部）（British branch of Theosophical Society）が発足、また一九〇一年には、英国心理学会（British Psychological Society）が発足するなどしている。

（4）一八八四年四月の『ペル・メル・ガゼット』誌において、ブラヴァツキーは、ブライト病という不治の病を医師から宣告された経験を語っている。彼女は、病を克服できたのは「マハトマ」による「半ば奇跡的な治療」（semi-miraculous cure）のおかげだとしている。"More About the Theosophists; An Interview with Mdme. Blavatsky." *Pall Mall Gazette.* 26. (London: April,

1884): 3-4.

（5）OEDの引用で“*dak*”とイタリックになっているのは、ヒンディー語源で「輸送、駅伝郵便」という意味を持つものだが、マンダレイ版では“service”となっており「郵便業務」を意味する英語にされている。

（6）引用中には現時点で調べのつかない曖昧な部族名があり、これについてはローマ字読みで表記した。原文は次のようになっている。

He said that his first name was Dana, and his second was Da. Now, setting aside Dana of the 'New York Sun,' Dana is a Bhil name, and Da fits no native of India unless you accept the Bengali De as the original spelling. Da is Lap or Finnish; and Dana Da was neither Finn, Chin, Bhil, Bengali, Lap, Nair, Gond, Romaney, Magh, Bokhariot, Kurd, Armenian, Levantine, Jew, Persian, Punjabi, Madrasi, Parsee, nor anything else known to ethnologists. He was simply Dana Da, and declined to give further information. For the sake of brevity and as roughly indicating his origin, he was called 'The Native.'(Kipling, *B&W*, 285)

第3章

光学器械・帝国・夢

肉眼でみる／心の眼でみる／夢をみる

1　一九世紀英国心霊主義の台頭

キプリングが、本格的な作家活動の拠点として本国イギリスを目指し始めたとき、そのイギリスでは、自然科学の発展と相俟った唯物思想の台頭により、キリスト教の根幹にあった霊魂不滅のドグマが、厳しい挑戦を受け揺らぎ始めていた。

おりしも一八五〇年代からにわかにロンドンを席捲しはじめる心霊主義運動の奔流は、一八四八年にニューヨークのハイズヴィルで起こった怪異事件に端を発していた。ある家で、家具の軋む音や奇怪な叩音が続くという騒動が起こり、調査の結果、この叩音は、数年前にその家で殺害された者の霊が引き起こしているとされ、さらにそれは、異界からのモールス信号であるとされるにいたる。これは、四年前、ワシントン-ボルティモア間にサミュエル・モース（Samuel Morse, 1791-1872）が電信回線を敷設したことと関係があるとされている（梅原、410）。家具の軋む音という霊界からの信号が、モールス信号との連想で捉えられていくあたりは、科学的に霊魂を実在させていく物理的心霊現象を象徴的に物語るものであったといってよい。以来、アメリカでは家庭での交霊会が相次いで開かれ、霊との交信を演出する霊媒師たちが多数出現してくることとなった。

かつてエドマンド・ウィルソンは、「機関車や、飛行機や、蒸気船のエンジンが、次々と記録を塗りかえる一方で、人間というエンジンはどこか狂い始めていた。この機械技術の時代は、神経症療養所の時代でもあった」（E. Wilson, 163）と指摘したことがある。キプリングには、こうした時代性を反映した作品群が散見される。例えば、「ブラッシュウッド・ボーイ」、「〈彼ら〉」、「ミセス・バサースト」は、いずれもあるレベルにおいて、現実世界と非現実世界の越境、もしくは肉と霊の矛盾に満ちた幻影が描かれている。さらに、超自然的要素にあふれたこれらのテクストには、当時最新のテクノロジーが盛り込まれていることが興味深い。これらの作品はいずれも、心霊が物質と同様に存在し作用しているとする心霊主義の同時代言説との関連で読むことができる。そして、キプリングのテクストに見られる両者の越境を、特に、幻影、幻覚をめぐる〈視覚〉との関係、当時のテクノロジー文化との接合点から考察することによって、逆に近代科学そのものが、いかに〈魔術性〉を内包していたかが見えてくることになる。

2　光の戯れが引き起こす時空感覚の喪失——知覚と錯覚の中間領域

「〈彼ら〉」は、中年の主人公「私」が、死んだ自らの子供の霊に会いに出かける物語である。

一八九九年、キプリングは娘ジョゼフィーンを亡くしていることから、しばしばこの「私」はキプリングその人であると読まれてきた（A.Wilson, 264）。前述した心霊主義は、死者の霊に会いたいという多くの同時代人の需要に応えるものであったが、この意味で、「〝彼ら〟」は同時代的な関心を表象しているといえる。トーマス・ハーディが、このテクストを読みたいと、出版社に問い合わせたという逸話が残っている（Schwarz, 11）。

一八八二年、先入見を持たずに心霊現象を解明するというスタンスからSPRが発足した。その後、一八九三年から九四年にかけて会長を務めたアーサー・バルフォアが「われわれの科学哲学でいまだ夢想だにしたこともないような事柄が存在する」（Oppenheim, 132）という発言をすると、それを機にテレパシー研究が注目されはじめる。オッペンハイムは、この「科学哲学が夢想だにしたこともない」出来事のなかで最も奇妙なものとして、一九〇一年から三十年間にわたり四人の自動筆記家たちが書き残した自動筆記、霊界通信、トランス発話の集成を挙げている。このひとりに、キプリングの妹アリス（Kipling, Alice ('Trix')）がいた。

アリスは、当時「ミセス・ホランド」(Mrs. Holland)という名で活動していた有名な霊媒師であった。その彼女の書いた一連の自動筆記の記録は、友人アリス・ジョンソンの手に委ねられ、心霊研究協会の『会報』に掲載されている。そこには、その当時、一般的にどのような考え方があったかを知るための手がかりがある。次の一節は、一九〇四年、「〝彼ら〟」が書かれた年と同年に掲載となった彼女の自動筆記の記録である。

> I want to make it thoroughly clear to you all that the eidolon is not the spirit—only the simulachrum[sic]- If M were to see me sitting at my table or if any one of you became conscious of my semblance standing near my chair that would not be me. My spirit would be there invisible but perceptive but the appearance would be merely to call your attention to identify me— . . . .
> . . . Remember once again that the phantasm the so-called ghost is a counterfeit presentment projected by the spirit. . . . (*Proceedings*, 215)

霊（spirit）は、本来、肉眼には見えないが、心でわかる（perceive）ものであり、亡霊（ghost）は、霊によって投影された仮象だということである。つまり、前者は実在するが肉眼には捉えられず、後者は肉眼には見えるが、見せかけ、すなわち霊の仮象であるという。(1) このように霊と亡霊をめぐる考え方を支配しているのは、〈視覚〉の問題であるということになる。

「〈彼ら〉」の特徴のひとつに、「ラファエロ前派的」といわれるような視覚的情景描写があげられる。それは、その情景を見る「私」の肉眼の視力を強調するための装置となっているように思われる。この視覚性の強調は、石の館の住人ミス・フローレンスが盲目であることによって一層補強されてもいる。しかしこの盲目性は、決して視覚性を強調するためだけのものではない。ひとつの捻りがある。それは、視覚の機能の限界を示すためにも作用し、同時に、視覚性の強調が、今度は、盲目の機能の可能性を強調するために作用しているのである。

〈彼ら〉という死んだ子供たちの霊が集う石の館を守るフローレンスは、幼い頃から盲目であり、人の心（霊）を色で判断できるという能力を有している。よってここには、「私」が肉眼で見えているということと、盲目のミス・フローレンスが心の眼で見ているという対比が見て取れる。

しかし、一見単純なこの対比は、〈見える〉に関して条件があるため、少し複雑化してくる。それは、〈彼ら〉を見ることができるのは、子供を亡くした経験をもつ者だけというものである。よって子供を亡くした経験をもつ「私」は、最初から〈彼ら〉の姿を、まともにではないにせよ〈見る〉ことはでき、一方その経験のないフローレンスは、〈彼ら〉の守り人であるにもかかわらずその姿を〈見る〉ことができないのである。盲目である彼女には視力がない。肉眼では見えない〈彼ら〉の姿を、彼女はやはり見えないことになっている。しかし、〈彼ら〉は彼女の愛によって有形化されているため、彼女には〈彼ら〉が「見えない」が「心でわかる」ことになっている。このように、テクストには「見ることと見えないことの戯れ」（Bauer, 83）がある。

「私」が迷い込んだサセックスの丘陵地帯にある石の館は、自らが手にしている地図に記載がない。目にしたこともないような、いわば別世界の景色の中にポツンと建つ石の館、そこに子供の霊が集うという情景、これは墓地を連想させるものであるが、「私」という男がこの美しい館を、地図にはないのに否応なしに引き寄せられ、三度繰り返して訪問していることから、この神秘的な家を「彼自身の心理が半分作り出している」(Kemp, 45) と考えることも可能である。人間の〈見る〉のメカニズムを考えるとき、実際に我々は、肉眼で見ることと、心の眼で見るという、どちらか一方だけで見ることはできないことに気づく。この両義的な〈見る〉がいかに人を惑わすものとなっているかは、「私」が最終的に子供の霊を認識するのが、自分の手に子供から「キス」を受けるという、身体的接触であったことからもわかる。「私」が〈彼ら〉を認識する方法は〈見る〉ことによってではなく物理的接触によるものであった。

さらにこの物語における「見える」ことと「見えない」ことは、先に参照してきた同時代言説に則して考えることができる。つまり、「私」が見ることができているのは〈彼ら〉の霊(spirit)ではなく亡霊(ghost)であるということである。逆に、フローレンスが亡霊を肉眼で見られなくとも、霊を認知できているというのは、亡霊は霊の仮の現れだからである。「私」は視力があるために、亡霊という仮の現れに惑わされ、霊を「真の」意味で認知できないことになる。また引用において、亡霊が霊によって「投影された」(projected)ものであるという表現の仕方は、霊と亡霊の関係を映写機のイメージで説明しているといえる。映写機によって映し出された影としての亡霊、つまり亡霊が「光」によって映し出されたものであることとパラレルになっている。

テクストには、視力ある「私」がいかに光によって目を惑わされているかが詳細に描写されている。

光が顔をさっと打つと同時に、車の前輪は、ひっそりとした広い芝生の上に乗り込んでいた。そこからいきなり、十フィートの身の丈のある騎士たちが槍を水平にかまえて飛び出してきた。それに巨大な孔雀、つやのある円い頭髪をした女官たちが——青と黒、そしてきらきらかに光る——と思ったら、それらはみな刈り込んだイチイの樹だった。

(Kipling, *TD*, 294)

「私」は太陽の光線に目が眩み、その瞬間に今までとは別の景色のなかに滑り込む。それは自動車の走行中に起こっている。「私」がアクセルを踏み込むだけで次々と景色は移り変わっていく。ここでは自動車というテクノロジーが、「私」にとっての非現実性を呼び込む格好の装置と化していることがわかる。この発想は、「〈彼ら〉」出版年の一九〇四年、キプリングがフィルソン・ヤングの本*The Complete Motorist*に寄せた文章からも窺える。

……私に関する限り、車を走らせる最大の目的は、イングランドを発見することにある。そこは、私にとって、仰天するような驚きと神秘に満ちた場所である。英国の地方を車を走らせながら過ごす一日は、妖精博物館かなにかで過ごす一日にも似て、そこではすべての展示品が生き生きとして実在し、それでもなお、愉快なことに書物から得た知識と混ざり合っていたりする。(中略)車は、変速レバーを前に押すだけで、難なく、あ

る世紀から別の世紀へとすべるように移動することができるタイムマシンのようなものだ。(Karlin, 606)

キプリングが熱狂的なカー・マニアであったことは有名である。彼にとってイングランドは、驚異に満ちた発見であったに違いない。彼がイングランドを「博物館」に喩《たと》えていること、当時の文脈でいえば、きわめてオリエンタリズム的なこの形容の仕方は、本来、西洋人が東方もしくは東洋を見るときの根底にあった意識であるが、インド帰りのキプリングが、逆にこの意識でイングランドを見ているようで興味深い。そして、この、彼にとっては新たなイングランド発見の喜びが、車という「タイムマシン」さながらの、一瞬で時空を越えてしまうような驚きの装置をもって伝えられている。これは「〝彼ら〟」の「私」が車に乗って「一つの眺めがもう一つの眺めへと誘う」と感じているイメージと重なってくる。当時最新の発明品であった自動車は、科学によってもたらされた文明の器機であることもさることながら、その機能性はまさに、人びとに魔術的感覚を与えるものであったのだ。

神秘体験と科学的神秘との融合。三度目の訪問で石の館の内部に案内された「私」が部屋に入ると、赤く燃える暖炉の火の光が「古い光沢をおびた黒っぽいパネル」にそそがれ、「廻廊を飾るチューダー風の薔薇と獅子が色づいて動き」だす。古い鷲が上部に飾られた凸面鏡が、この光景をその「ミステリアスな中心に」集め、「歪んだ影をさらに歪めて、廻廊の輪郭をたわめて」いるとある。「私」はまさに、光沢をおびた「パネル」や、「凸面鏡」に反射した〈光〉の幻影に目を眩ませ、この部屋全体の幻想的な雰囲気は、パネルや鏡といった物質的な装置によってつくり出されている。

このように、視覚をめぐる人間の認識と〈光〉との関係が、太陽の光はもちろんのこと、その光を鏡やガラスといった物質を介して表現されているということ、これは当時一九世紀後半の霊魂に対する考え方、および目に見えないものを科学的に捉えようとする思想とパラレルな関係にあり、サリヴァンが指摘するように「〝彼ら〟」におけるこのような見えない経験の側面には「一九世紀的な関心事」(Sullivan, 143-4)が加わっているということになる。レンズなどに映った虚像を「ゴースト」と呼ぶ例は一九世紀後半から見られてくることが〇

EDからわかる。そして実はここに、一九世紀に大ブームを引き起こした光を投影するテクノロジーとの関係性が指摘できるのである。

3　新たな可視世界の顕現――幻燈機と魔術師たちをめぐる文化の枠組み

一八九五年に執筆された「ブラッシュウッド・ボーイ」は、主人公ジョージ・コターが繰り返し見る〈夢〉の話を軸に展開する物語であるが、ここには夢の世界に並列されるようにして、光のマジックを見世物にした「ペパーズ・ゴースト」（Pepper's Ghost）について書かれた箇所がある。このテクノロジーが物語の〈夢〉とどのような関連性があるのかについては後述するが、この「ペパーズ・ゴースト」という幻燈機ショーは、実際に一八六二年、ロンドンのロイヤル・ポリテクニック・インスティテューションで初めて公開され、一時的に大人気となったトリック・ショーの名前である。

空中に幽霊の姿を映してみせるという、この「光」のマジックは、英国の発明家ジョン・

ヘンリー・ペパーの考案によるもので、ヘンリー・ダークス（Henry Dircks, 1806-73）が一八五八年に発明した一種の幻燈装置を、ペパーが応用したものであった。注目すべきは、この「ペパーズ・ゴースト」なるショーが、幻燈機という光学装置と、鏡やガラスなどの光を集める物質を使って、生きた役者とともに「幽霊に似た光学的幻想」を作り出すものであった（Altic, 363）ということである。

一九世紀はまさに幻燈機の黄金時代であったといわれるが、そもそも幻燈機の発明は一九世紀ではなく一七世紀まで遡る。一六世紀末、レーウェンフックが顕微鏡を、一七世紀に入ってガリレオが天体望遠鏡を発明するという状況のなかで、イエズス会士のアタナシウス・キルヒャーが、著書『光と影の大いなる技法』（一六四六年）において紹介したのがはじまりと言われ、その中でこれを「ラテルナ・マギカ」、つまり「魔法灯」（英語で〝magic lantern〞）と呼んだ。この幻燈機は、さまざまな光学的幻覚を創造するうえで特に重大な役割を果たし、一九世紀人の想像の世界に強烈な衝撃を与えるようになる。

幻燈機が大衆の娯楽のなかで突然主役を演じるようになるのは一七九〇年代である。ベルギーの実験家であったエティエンヌ・ガスパール・ロベールが、「ロバートソン」という芸名で、故郷リエージュにて「ファンタスマゴリー」（Fantasmagorie）と名づけた催し物で観客を驚かせ、一七九四年にこれをパリに持ち込む。それまでは主に油を用いて幻燈機の投影が行なわれていたが、一八二〇年頃に石灰光（ライムライト）が発明され、はるかに強力な光が導入されて、光を特定の方向に集めて焦点を結ばせることが可能になり、このことによって劇場での幻燈機利用が拡大していく。

このような流れの中で、今までにない亡霊を開発したのが、オランダ生まれのマジシャンであったロバンと、ロンドンにおいて素晴らしい幻燈機ショーとその他の余興のメッカとなった、先のペパーのポリテクニックであった。一八三八年にポリテクニック開設、四〇年代から石灰光の使用を開始。そして六二年には「ペパーズ・ゴースト」が公開されるに至るが、このファンタスマゴリアは、同年のクリスマス・イヴに、ディケンズの幽霊物語「憑かれた男」が上演され、その中で石灰光使用の幻燈機が使用されて大衆の人気をさらっている（Speaight, 16）。バーナウによれば、六〇年代に登場したポリテクニックの舞台の幽霊は

「誰が見てもぞっとするものばかり」(36) であったようである。

もともと初期の幻燈機ショーは、何世紀にもわたって呪術師および交霊術師たちが行なってきた様々ないかさまや、幽霊信仰の誤りについて教える講義がそれに先立って行なわれ、科学的に脱神秘化を行なう模擬的な実習としてはじまった (Castle, 30) はずであった。しかし実際は、そのうち興行師たちが幽霊を出現させる仕掛けを巧みに隠したために、この幻燈機ショーは、幽霊の正体を暴露する形を一見装いながらも「超自然の情緒的アウラを再び作り出した」(Castle, 30) テクノロジーだったのである。このようにして人間の思考そのものが、一種のファンタスマゴリアと化していったのである。

一九世紀において幻燈機は、きわめて人気の高い娯楽興行に用いられていたことに加えて、様々な教会のホールやコミュニティセンターなどで社会問題を題材としたショーに使用された。こうした幻燈機活用の背景には、センチメントに訴えるものが、ヴィクトリア朝時代の観客に受けていたということがある (Household, 7)。一八世紀において道徳的感情を指したこの概念は、一九世紀的には人心の自由な活動と思想感情の奔放を意味するようになる。

このロマン派的なセンチメントと、それに直接訴える映像の組み合わせが、道徳的社会的に意義のあるメッセージをきわめて効果的に伝えるものであったことから、幻燈機の活用度が高まりを見せたといえるのである。

幻燈機の変革をもたらしたもののひとつとして写真をあげなくてはならない。〈幻燈機〉〈センチメント〉〈写真〉という記号を結ぶものに、一九世紀後半のひとつのブームを形成した心霊写真がある。心霊写真は、本来、目に見えない霊をそこに映し出すという、幻燈機と同じ効果をもたらすものであり、人間の情緒に訴えた光学技術の賜である。「ペパーズ・ゴースト」という、鏡を使用して幽霊に似た光学的幻想を、生きた役者のとなりに作り出すファンタスマゴリア。このような光を生み出すマジックは、一八九〇年代に初期の映画へと受け継がれていくことになる。

一八九四年、アメリカのエジソンがキネトスコープを発明、九五年、フランスのリュミエール兄弟がシネマトグラフを発明して、同年十二月三十日にパリで一般に公開。これが事実上の映画の発明といわれる年である。リュミエールの発明から四年後の一八九九年、フロイトが『夢判断』を発表することにより、「夢」＝「無意識」を意味する言説がここで整備されていくことになる。なお、きわめて興味深いことに、フロイトは無意識という概念を用いる際、一貫して読者に自分の主張を、光学器械のイメージを援用して説明していたという指摘（ミルネール、259）がある。無意識という不可視な世界を「光」との関連で、しかもそれを科学的学問的に実証しようとこころみるフロイトのこうした実践からも、不可視な世界に対するこの時代の認識が、科学による肉眼と、霊的な心眼による〈まなざし〉によって成り立っているのがわかる。

4　空間座標を変容させるナラティヴの仕掛け——〈映像〉イメージの言語への応用

視覚的に幻想を生み出していく光学テクノロジーにみる〈魔術〉性、その隠しつつ見せる隠蔽と暴露の戦術は、もちろん文学にも応用されている。文学の領域ではもっとも早く「シネマ」（Menand, 160）に言及したもののひとつとされている「ミセス・バサースト」には、この短編が発表された一九〇四年においてはまだ目新しいテクノロジーだった、シネマトグラフの初期のものが導入されている。南アフリカのケープタウンで、本国イギリスの映像を映したものが、サーカス興行の一環として上映されるというものである。フィリス・サーカスが来たときにケープ・タウンにいたかを尋ねたパイクロフトに対してフーパーは次のように答えている。

「ああ！シネマトグラフのことだな。懸賞試合とか蒸気船の映像だ。私は奥地で見たことがある。」

「活動写真とかシネマトグラフと言われているものだよ。バスが走っているロンドン橋とか戦場に赴く戦艦、ポーツマスの海軍のパレード、パディントン駅に到着するプリマス急行とか」

「全部見た、全部見たよ」とフーパーは我慢し切れない様子で言った。（Kipling, *TD*, 340）

シネマトグラフの映写機が南アフリカに持ち込まれたのは一八九六年、イリュージョニストのカール・ヘルツによるものだったが、その後ほどなくして、様々な演目と共に定期のショーが始まったとされる（Rosenthal, 185）。「フィリス・サーカス」（Phyllis's Circus）は、実際には ヨハネスバーグを拠点として活動していた"Fillis's Circus"と綴る実在したサーカス団（Karlin, 615）のことであるが、ここでサーカス興行の一環として上映されているロンドン橋や戦争に赴く戦艦、海軍のパレード、パディントン駅に到着するプリマス急行といった故国の様子が次々と映し出されるこれらの映像は、一定の筋立てがある映画ではなく、まさに初期の映画ともいうべき、現実を映した事件や出来事の映像が断片的に連なった活動写真的なものであったと想像できる。注目すべきは、このテクストの成り立ちも、そうした映画撮影技術を模倣した（A.Wilson 223; Montefiore 112）ような断片性を有していることである。

物語は、ほとんどが四人の男たちの会話およびその内容から構成されている。よって四人が様々なエピソードを互いに語り合うという、物語を語る過程そのものが描かれた「ストーリーを語ることについての物語」（Lodge, 80）であるといえる。登場人物は四人とも男である。鉄道会社に勤めているフーパー、海軍の曹長であるプリチャードとパイクロフト、そして語り手「私」である。四人は出会うべくして出会ったのではなく、思いがけなく遭遇する。まずはこのような状況設定が、テキスト全体の語りのきわめて偶発的な不連続性を身振りで呈示しているかのようである。

四人の男たちの会話には、一見すると連続性がない。交互に入れ替わる話し手と聞き手の間に交わされる話題には一貫性がなく、各々の話し手たちの気まぐれな発想が次々にトピックを移動させる。ゆえに個々のエピソードはロジカルな語りにならず、会話のしりとりゲームのように、ひとつのキーワードないしはキーコンセプトをきっかけに次の話題へと展開していく。女にもてるプリチャードをからかうパイクロフトの話題は、フーパーがビールの銘柄を指摘することではじまる。また、ブリティッシュ・コロンビアにおいて、彼ら二人を含む七、八人の船員がニヴンという男の甘い誘いにのって連れ出され結局だまされたという

"Boy Niven" のエピソードは、「度重なる脱艦」(aggravated desertion) という言葉から連想されるものとして出てくる。ニヴンにだまされた仲間の消息のことに話が及び、ムーンという女好きの男が、航海中に失踪したことが話題となり、女が原因で失踪したらしい男からの連想で、ミセス・バサーストとの間に何かあったらしいヴィカリーについての中心的話題へと入っていくというものである。

このように、語り手から読者へ伝えられる物語のなかに、登場人物どうしが伝え合うエピソードがあり、さらにそのエピソードのなかで各々の友人たちの会話が伝えられるという「語りの入れ子構造は、作品内のギャップを増大させる効果を持つ」(Waterhouse, 195) といえる。話し手の不備のある言説は、とくに間接的な聞き手に空白を生じさせ、さらに間接的なレベルにある読者には、埋め込み不可能な空白として放置されることになっている。そして、こうしたテクストの断片的な形式は、先のそれに類似したシネマトグラフというテクノロジーが導入されていることで一層強調される。つまりは、テクストに挿入された映画の機能性と、この物語が四人の男たちの会話によってのみ成立しているという、男たちの心象風景が映画的に言語化される、このメカニズム性が奇妙に一致しているのである。この物語全体の、どれとして真相が明らかにならない根源不在の物語性が、逆に映画によって強調されてくるのである。

この物語の「技巧の成功は、その間接的なミセス・バサーストの肖像にある」(Bayley, 235) とベイリーは指摘する。バサーストの間接的な肖像、それは先のシネマトグラフが映し出した本国の映像の中に彼女が偶然映っていたというものである。バサーストと深い関係にあったと思われるヴィカリーは、ほんの数秒間のバサーストの映像を見るために毎日映画にやって来て、映画が終わると翌日の職務を放棄してひたすら梯子酒をし、また映画にバサーストの姿を確認に行く。サーカスがケープタウンでの興行を終えてウスターへ移動するとき、それを追いかけるようにしてヴィカリーは姿を消している。

ヴィカリーが繰り返しバサーストの映像を見に行くという反復行為[3]は、二重の意味でバサーストを不在にさせている。ひとつは、映画の中の彼女にしか会えないヴィカリーの現状を示唆し、現時点でのバサーストの不在を表象している。加えて、ヴィカリーがこの映像をパイクロフトにも確認してほしいと頼んでいることは、ヴィカリーの〈見る〉という行為が、彼女がバサーストであるとする認識とは結びついていないことを端的に物語っている。よってヴィカリーが映像の中に見ているバサーストは、実は亡霊（ghost）であったという大胆な解釈（Menand, 163）をも成立させる。なぜなら、この幻燈機スクリーンに映し出されたバサーストは、バサースト自身ではなく、仮の姿の現れに過ぎない、ヴィカリーの精神のメカニズムが生み出したメロドラマ的な眩惑の像かもしれないからだ。

ここでいえることは、シネマトグラフというものが、ロンドン橋や駅に乗り入れる列車という全くの現実を映しながらも、同時に信じ難いほどマジカルな感覚を引き起こす、最新テクノロジーの魔術性を呈示しているということである。スクリーンの中のバサーストは、まるで「蝋燭の上を飛びこす影のように」、光によって目を狂わされるような錯覚をヴィカリーに与えながら画面の外側へ消えていく。映像から消えたバサーストを追い求めるヴィカリーのことを回顧的に語る男たちは、このサイモンズタウンにおいて、太陽と打ち寄せる波の音とビールとともに、「魔術にかかったようなまどろみ」（magical slumber）に落ちていく感じ、つまりメタレベルで夢うつつの状態にあったとする「私」の言葉に代弁されている。仲間の悲惨な失踪の顛末を思い思いに想像する四人の男たち。その解決不能の物語の裏に、テクストでは直接言及されないが、ボーア戦争が残した爪痕に混乱を極めた男たちの、茫然自失とした夢の喪失の物語があるのかもしれない。

キプリングは一八九一年にはじめて南アフリカを訪れ、その後一八九八年から一九〇七年にかけて、イギリスの冬から逃れるための避寒地としてケープ・タウン近郊のウィンバーグに寄宿し、定期的にここを訪れている（Page, 20-1)。すでにセシル・ローズとの親密な交流があり、彼と帝国の夢を共有していた（Lycett, 293）キプリングは、南アフリカを舞台とした詩や短編をいくつか書いている。この「ミセス・バサースト」もそのひとつであるが、この南アのサイモンズ湾で、四人の「英国人」だけが登場してくるこの物語の状況下には、逆に、この時期、特に一八六七年および八六年のダイヤモンドと金の発掘に沸いた直後の南アには、英国はおろかフランス、ドイツなどから夥しい数の移民の流入があったことが想起される。

そしてこのテクストのタイトルになっている「ミセス・バサースト」は、ニュージーランドでホテルを経営する男たちの思い出の女性として登場する名前であるが、実はこの“Bathurst”という記号は、南アフリカとの結びつきを持つ記号である。この記号は、一八二〇年の植民者によって建設されたイースタン・ケープ州の小さな町の名前(Rosenthal, 46)である。さらに、第二代バサースト伯の息子で、当時、陸軍・植民地大臣を務めていたトーリー党の政治家第三代ヘンリー・バサースト伯爵の名にちなんで名づけられた「バサースト」という地名は、西アフリカ、およびオーストラリア、カナダなどにもある。〈戦争〉と〈コロニアル〉が結びついたイメージを彷彿とさせる記号である。よって四人の英国人が語る「ミセス・バサースト」の言語化された心象風景の果てには、当時の南アにおける人種的混淆状態と彼らの体験の内部から発せられる、帝国の夢の破綻がイリュージョン化されているといえるのではないだろうか。

5　帝国の〈昼の夢〉と〈夜の夢〉——潜在的「他者」の征服と夢の破綻

夜の夢の世界と昼間のいわば日常世界が、不思議な力で結ばれていく「ブラッシュウッド・ボーイ」において、主人公ジョージ・コターは、通例のコロニアリストが経験する経緯を要約した（Kemp, 53）ような人生経路をたどる典型的な帝国主義的少年であり、上流階級の出ではなかったキプリング自身がつねに抱えていた社会的な地位に対する難問（Seymour-Smith, 286）の裏返しとして、キプリング自身が「なれないためにいっそう憧れた時代の典型的ボーイ像」（橋本、解説、350）が表象されているといわれる。

ジョージは幼年時代をインドで過ごし、その後イギリスのパブリック・スクールやサンドハーストで理想的なコロニアル・サブジェクトを構築すべく教育を受け、再び派遣されてインドに戻ってくるというプロセスを辿っている。彼が夜に夢を見るのはインドにおいてであって、イギリスでの教育期間中は夢を見ないということ、このことは、子供の頃の恐怖に彩られた夢が、すなわちインドで見る〈夜の夢〉であって、イギリスで夜の夢を見ないジョージは、そこでの教育そのものが象徴する帝国の理想へと突き進む〈昼の夢〉を生きていると解釈できる。「インド」＝「夢」という、キプリングの初期の短編にもよく見られるような、大英帝国の経験から生み出される無気味なものの発掘、つまり帝国の無意識が彼の夢をとおして浮かび上がってくるのは、例えば彼が幼年時代に見た夢の中で、昼間の世界で禁じられていることを夜の夢の中で実行し、それが大人への復讐という形で消化されていく箇所にも明らかである。それは日常の不完全さを夜の完全性へ統御していく力と、インドへ侵入を果たす昼間の帝国による侵犯のパワーのアレゴリーとも読めるからである。また、ジョージがイギリスでは夢を見ないこと、逆にインドで夢を見るということ、そしてとりわけこのジョージの大人になってからの夢が、現実化した瞬間から「動揺させる」（unsettling）ものになる（Murray, 132）ことにおいて、「イギリスからインドへ渡った者の心身の過労や緊張」（Moor-Gilbert, 44）、あるいは帝国の夢の破綻を読みとることもできる。こうした〈昼の夢〉と〈夜の夢〉が明確な形で帝国のアレゴリーと化すのは、ジョージの夢の風景にある。

その百合に「香港」というラベルがついているのを見ると、ジョージは言った「こうこなくちゃ、これはまさしく僕の予想した香港だよ。なんてすばらしいんだ！」数千マイル進んで、船は「ジャワ」と書かれた別の石の百合のそばに停泊した。彼はまた大いに喜んだ。（Kipling, *DW*, 341）

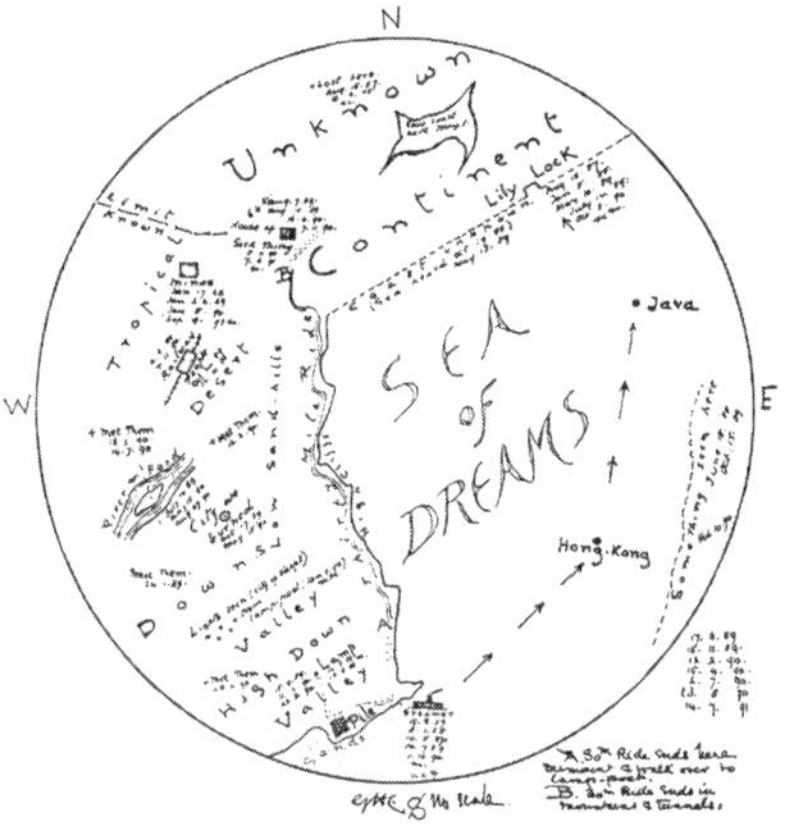

キプリングによる
「ブラッシュウッド・ボーイ」の地図

このように「香港」や「ジャワ」のラベルがついた「石の百合」（Stone Lily）を見つけて喜ぶジョージの様子は、領地の獲得へと向かうコロニアルな姿勢を補完するものとなりえている。ジョージは月日が経つにつれて夢の世界の輪郭を詳細に知るようになり、その風景を地図にする。それはちょうど「インドの北西部の境界地域」を描いた（Paffard, 59）

ように見えることや、彼が「三十マイル・ライド」（Thirty-Mile-Ride）といった夢の国に名前をつけ、それを管理していこうとする覚醒時の反応にもいえることである。

　こうした空間を地図にしていく行為が、帝国の植民地活動とパラレルにあることを考えるとき、同時に見えてくるのは、空間を地図にすることによってしか帝国の地理は肉眼では見えてこないという、帝国による植民地空間の理想化と幻想の構図である。

　地図にするという行為は、本来球体である地球の一部を平面化することを意味している。つまりそれは、スクリーンに映し出された帝国の仮の姿をも連想させる。加えて、このテクストに登場する幻燈機ショー「ペパーズ・ゴースト」が物語内においてどのような機能性を持っているのかを考えてみるなら、まずは、ジョージが夢の中に出てきた少女ミリアムに出会うのが、このショーであるという意味である。将来結婚を誓い合う相手であるとはまだ知らず、子供のジョージは、自分の切り傷を、ばんそうこうを剥がして誇らしげにミリアムに見せる場面がある。ミリアムは同情に満ちた、しかし好奇心を持ったまなざしでジョージの傷を見つめ、人差し指を彼の手に置く。この二人の子供の運命を結び付けているのは、二人に共通した夢や、親和力といったことよりもむしろ、まさにこの身体的接触の瞬間(Crook, 15)であり、それが霊を光学によって物象化する「ペパーズ・ゴースト」というパフォーマンスの最中に起こっているという整合性がある。さらに、この日中に行なわれるショーは、いわば昼の中に〈夜〉を作り出すショーであり、一つの幻影を集団に見せ、共通の幻想体験をさせる「場」を提供している。これは帝国の幻想を表わすもう一つの象徴にほかならない。地図にされた帝国の地理。これが目に見える幻想であるとするなら、帝国の本質は〈夜〉となる。つまり、帝国は夢でしかないのである。

「夢」という肉と霊の中間領域をめぐる時空感覚。それは、帝国の〈昼の夢〉と〈夜の夢〉をつなぐものであった。さらに「ペパーズ・ゴースト」という光学装置によるショーが、テクスト内において昼のなかにもう一つの〈夜〉を作り出していることを考えるとき、帝国の夢にも、もう一つの〈夜〉の夢があったことを連想させる整合性がある。それはヴィクトリア朝という時代の陰画《ネガ》として立ち現われてくるジェンダー化された「女性」たちである。

ジョージが経験した教育プログラムは、理想の帝国ボーイ像を形成するジェンダー化されたコロニアル・サブジェクトを構築するモデルを呈示している。彼のうけたマスキュリンな教育は、自らを理性的にコントロールすることによって、他者をもコントロールできるとするパブリック・スクール的精神を内面に構築するものであった。しかし、性的欲望を否定しホモ・ソーシャルな結びつきに美徳を感じるジョージの、一連の夢にあらわれる恐怖は、こうした性に対するオブセッションとみることも可能であろう。(4)

テクストに出てくる〈彼ら〉('They')や〈それ〉('It')といったジョージにとっての脅迫観念のうち、〈それ〉には性的な暗示があるとの橋本の興味深い指摘がある。橋本は、「ミセス・バサースト」において、性的魅力によって男を破滅させるバサーストは"She has it"と表現され、その犠牲となるヴィカリーは"I'm it."と言っていることを指摘する(橋本、108)。

さらに「ミセス・バサースト」の一般的見解として言われるのは、「愛の破壊的な力」をテーマとしているということである(Stinton, 62)。幻燈機のスクリーンに映されたバサーストの"blindish look"「どこを見ているのかわからないような様相」という、彼女が見せる魅力的で一種悩殺的な視線に、ヴィカリーはおろか、バサーストを知る他の男たちはすっかり魅入られてしまっている。このテクストにおいてミセス・バサーストとは、登場人物である四人の男たちの記憶の中でしか現われてこない、いわば声を持たない人物である。男たちがバサーストを話題にするとき、バサーストは男たちから「見られる」対象として存在し、そこにはヨーロッパ中心主義の権力関係に端的に現われてくる階層関係が生じている。だが、ヴィカリーを狂気に追い込むバサーストの「愛の破壊的な力」は、彼女の "blindish look" に象徴される魅惑的な視線が男性にもたらすものとして、彼女の側が「見る」主体へと転じているのであり、彼女は〈見入られ／魅入られる〉側の男性にとって、帝国におけるもう一つの夜の夢を作り出しているのである。

さらに「〝彼ら〟」において、「私」という主人公の男は、盲目の女の「見えない青い目」で見つめられることによって、彼女が美しい女性であったことに気づく件りがある。この盲目の女性は「私」を惑わす魅惑の女ではない。しかしここでも女性は、単に男性側から「見られる」客体とはなっていない。前述したように、彼女は人の心を色で判断できるという不思議な力をもっている。男性は自分のありのままの心を読みとられることによって、彼自身の喪失の事実を受け入れる。これはさながら、女性たちの多くに社会進出の夢を与えたヴィクトリア朝時代の女性霊媒師たちの姿を想起させている。こうした女性たちは、帝国とその時代そのものが生み出した、もう一つの夜の、いや、裏側に存在した「夢」であったといえるのではないだろうか。

6　肉眼と心眼による光学的幻惑——時代の認識論

霊魂にまつわる同時代的な言説からわかることは、霊という本質は肉眼では見えないが知覚できるということ、逆に、肉眼で見えてしまうことが本質を認知する妨げとなり、眼で見ているものが、あらゆる意味で仮のあらわれであるという考え方である。

世紀末において、人びとを賑わせたテクノロジーの発明が数々あった。「〝彼ら〟」には、熱狂的なカー・マニアであったキプリングを偲ばせる自動車が、「ミセス・バサースト」においてはニュース映画が、そして「ブラッシュウッド・ボーイ」には「ペパーズ・ゴースト」

という幻燈機マジックが、それぞれテクストに組み込まれている。幻燈機が、一九世紀後半においてまさにブームを生み出すのは、精神（霊）を物質的に捉えようとするヴィクトリア朝的な認識の形に呼応するものだったからであり、科学的実証性によって、目に見えないものを物象化することが、その信憑性を裏付けるものだったということができる。加えてこの幻燈機ショーというものは、幻燈機で作り出している一つの夢を、集団で見るという、いわば共同幻想を体験させる場となっていたといえる。支配者が作り出す夢を共通体験化してしまおうとする、もう一つの帝国の夢のメタファーがここにあるだろう。

一九〇〇年から本格化してくるフロイトの「夢判断」をめぐる無意識の研究。そのメカニズムと映画との必然的な類似性が、まさに時代の植民地言説と相俟って、三つの〈他者〉を浮上させている。一つは、無意識に対する探求の衝動として、意識に対する〈他者〉としての夢。二つめに、肉体的〈他者〉として破壊的なパワーを持ち合わせる女性のエロティシズム。そして三つめは、西洋にとっての空間的・地理的〈他者〉としてのエキゾティシズムである。一八世紀末の気球の発明とともに、一九世紀には新しい視覚体験がもたらされる。都市を上から見下ろすという空からの視線、つまり「地図のまなざし」(多木、126)である。神の位置から見るというロマン派的発想と、実測するという機能的発想を兼ね備えた〈見る〉は、世界を構造として再編成する際の距離が、見るものと見られるものを距て、そこに物質を介在させる契機を与えたともいえる。これは科学の発明と植民地体験の相関関係の中から生まれる〈眼〉のありかたである。キプリングのテクストは、こうした視線から、夢とエロティシズムとエキゾティシズムの交差する中間領域、その光学的眩惑をかたどる物語世界を展開しているのである。

■註

(1) ジョンソンは、この理論化が、当時SPRの代表格で、無意識の研究を試みた初期の科学者フレデリック・マイヤーズの『人格』による影響が認められるという。このことから、この自動筆記が、霊と亡霊をめぐる当時のディスコースの典型として充分に考えられてくる。

(2) キプリングは自叙伝の中でこのテクストの成り立ちについて触れている箇所がある。それによるなら、彼は、ケープタウン郊外の列車の中で、サイモンズタウンのある将校が仲間に、ニュージーランドにいるある女性のことについて話しているのを耳にし、その話と、自分がかつてニュージーランドで出会った女性についての思い出が混ざりあう（Kipling, *Something*, 101参照)。こうした瞬間的な記憶の「断片」がベースとなって「ミセス・バサースト」は出来上がっている。
（3）ギルバートはここでの映画の効果として①ヴィカリーのバサーストへの情熱的心酔を呼び覚まし、②ヴィカリーを発狂させる装置として機能していることを指摘している（Gilbert, 454)。
（4）性的無垢である点を除けば、ジョージはサバルタンの典型であるという指摘がある（Poole, 155)。また、キプリングのテクストには、ジョージ・コターをはじめとして、マザー・コンプレックスの登場人物が出てくる例として『消えた光』や“Mother O' Mine”という詩があげられている(Moss, 21)。

第4章

メスメリズムにみる「実験室」としての英領インド

帝国の権力と無力化した文化

1　植民地支配にみる恐怖と欲望

キプリングがイギリス文壇へのデビューを果たした時、ロンドンの『タイムズ』紙は、彗星のごとく文壇に登場したこのアングロ・インディアン作家を、新奇な驚きと賞賛の意を交えて紹介した。同紙は、数編の短編のタイトル名とともに「スドゥーの家にて」をあげ、キプリングが、イギリスにとっては未だ神秘のヴェールに包まれた知られざる英領インドの一側面を作品を通じて明らかにしたとし、その功績に賛辞を呈した(Carrington, 147-8)。

タイムズのこの反応に対し、エリオット・ギルバートは、神秘のヴェールをはずしたというよりも、むしろ「そのヴェールに包みこむ」ことにキプリングの意図があったのではないかと指摘する(Gilbert, 150)。確かに、「スドゥーの家にて」には、植民者にとってはむしろヴェールに包まれた、理解不能な「インド」の捉えどころのなさが表象されているといってよい。そこにあるのは、タイムズがむしろ期待を込めて讃美したテーマではなく、ギルバートがジョージ・オーウェルの言葉を用いて表現した「東洋における白人支配の虚しさ」(Gilbert, 151; Orwell, 19)である。

この作品は、スドゥーの家の住人のひとりで、印章を彫ることを生業とするある男が、ペシャーワルで病に冒されている息子の安否を気遣うスドゥーの親心を逆手にとり、息子の身に迫る危険な状況を回避する名目で魔術を行ない、スドゥーから大金を巻き上げる部分が主軸となっている。印章彫り(seal-cutter)が行なうグロテスクな魔術は、実は詐欺以外の何物でもないのだが、そこに漂うオカルト的霊気が、まさに理解不能なインドと重なり合う瞬間をテクストにみることができる。「魔術がつねにインドと結びつけられてきた」(Satin, 27)とするノーラ・サティンの言葉は、この両者の神秘性を等号で結ぶものといえる。

ダニエル・カーリンは、「スドゥーの家にて」に言及する際に、この作品と同様、エキゾティックな東洋とオカルトが組み合わされた傑作として「獣の印」を挙げている(Karlin, 533)。泥酔した英国人フリートが、ハヌマンの神像に煙草の吸殻を押し付けて「獣の印」をつける。この侮辱的行為のあと、今度はその呪いとしての「獣の印」が、黒い発疹となって彼の皮膚に現われる。これにより、「獣の印」のコードはハヌマンからフリートへと転覆させられる。しかし物語は、その「獣の印」がシルバーマンというハヌマンの生霊的存在の魔術的な「治癒行為」によって解消されてゆくという奇妙な結末に至る。

「スドゥーの家にて」と「獣の印」を並置することによってみえてくるのは、文化的無知が惹き起こす植民者の恐怖が呪物化されることで、インドの他性がイギリスの潜在的脅威へと転じるモメントである。

2 植民地インドの縮図

「スドゥーの家にて」は、一八八八年に『高原平話集』に収録される前、一八八六年四月三〇日『シヴィル&ミリタリー・ガゼット』紙に掲載され、その折、実は「インド刑法第四二〇条」(“Section 420, I. P. C.”)というタイトルで発表されている。テクストにおいてインド刑法第四二〇条が直接言及されるのは、結末においてである。

> 軽率にも、わたしはインド刑法第四二〇条で禁じられている詐欺による金銭取得を犯した印章彫りを幇助した嫌疑のかかる破目となった。(Kipling, *PTFH*, 149)

インド刑法第四二〇条とは、詐欺による財産の取得を禁じた法令であり[1]、同刑法において詐欺を禁じた条項は第四一五条から第四二〇条にわたる。[2] テクストにおいて実際に、インド刑法第四二〇条に直接触れる詐欺を行うのは、印章彫りである。彼は詐欺的な魔術によってスドゥーの心理面を巧みに操り、金銭を騙し取っていることで刑罰に処されるべき張本人である。そして、それが詐欺だと知りつつ通報しなかった語り手は、印章彫りと共謀するつもりなどなかったとはいえ、彼の行為を幇助したことにつながり、刑法第四二〇条に触れる行為をしたことになる。[3] また、スドゥーの家で、印章彫りの魔術の一部始終を目撃しているジャヌーとアジズンのうち、この魔術が詐欺であると知りつつ黙秘を決めるジャヌーにも嫌疑のかかる余地が十分にあると考えられる。

インド刑法は、一八六〇年十月六日、法令第九五号として発布された。インド刑法の母体は言うまでもなくイギリス刑法であり、イギリス刑法における「女王」という言葉を「インド政府」に置き換えただけの現行法とされている（木田、24）。よってインド刑法には植民地支配側のイギリスが定める犯罪の典型的な類型化がみられ、それが被支配者階級を抑圧するかぎりにおいて「法」的作用をなすものであった。そのため、必ずしも現実のインド社会体制の変化に適応したものではなかった。

「獣の印」においても、インド刑法への言及がある。英国人フリートがハヌマンの神像に煙草の吸殻を押し付けるという冒涜行為に対し、「フリートの罪がまさしくあてはまるインド刑法の一個条があった」とテクストにはある。確かに、インド刑法には、第二九五条をはじめとする宗教に関連した条令があり、(4) フリートが犯した異国の神に対する冒涜という犯罪行為は、本来ならばインド刑法のこうした条令に基づいて罰せられるべきはずである。しかし、語り手とストリックランドが、フリートの罪を知りつつそれを隠蔽し、逆に彼らの方がシルバーマンを拷問にかけるという犯罪行為に及んだことは、この二人の英国人こそ、犯罪の幇助、ならびに新たな犯罪を犯した嫌疑にかけられる顛末が待っていることを仄めかす。

「スドゥーの家にて」と「獣の印」において共通に呈示されているのは、国家的支配を維持するための強力な手段となるはずの刑法が、あるいはキプリングにとっても、「何よりもまず、混沌と無秩序の力に対抗する手段」(Islam, 25) である法が、インドにおいて、ほとんど機能を果たしていないという問題である。しかしこれは、社会と宗教の錯綜するシステムにさらされたインドの「異常」なのではなく、むしろ「日常」であることに注目したい。

スドゥーの家は、平らな屋根をした白塗りの二階建ての建物である。そこにはバグワン・ダスという食糧雑貨商と、印章を彫って生計を立てているとしつつも魔術を使って詐欺を働く印章彫りが、複数の妻たち、召使いや友人などともに一階に住み、その二階にはジャヌーとアジズンという二人のカシミール人女性が暮らしていた。この家の主人であるはずのスドゥーは、「たいていは屋根の上に寝ている」老いぼれである。「暴利をむさぼる」男バグワン・ダス、貧乏を装うきわめて賢い印章彫り、そして、「名誉ある職業の女たち」とキプリングが皮肉まじりに書いているジャヌーとアジズンのうち、アジズンは医学生の妻の座に落ち着いたが、「自由思想の持ち主」たるジャヌーは、バグワン・ダスに借りがあるため、何とか自分もスドゥーから金を引き出したいと目論んでいる「売春婦」(Cornell, 112) である。[5]

そのため彼女はスドゥーの金を巻き上げる印章彫りに我慢がならない。このように、さまざまな「インド人」がひしめき合うように暮らすスドゥーの家、その家に西欧の法律と秩序正しさの恩恵を持ち込もうとした語り手を含めて、この家が、そのまま「植民地インドの縮図」(Gilbert, 65) を形成しているといえる。

アンドルー・ラングが「本物の交霊占いと同じくらい恐ろしい」と述べた（Green, 74）印章彫りが行なう魔術（Jadoo）を、コーネルは「インドの妖術」（Indian sorcery）[6]としているが（Cornell, 111）、この、あたかも異教のものとして導入されているかに見える魔術は、どれほどの異国性を呈示しているだろうか。大きな真鍮の水盤のうえに浮かべられた赤ん坊の黒い頭部が発する声は、「催眠術にかけられた瀕死の男が発する声」よりもはるかにグロテスクであると、ポウの短編「ヴァルドマール氏の病症の真相」（"The Facts in the Case of M. Valdmar," 1845）が引き合いに出されつつ説明されるものの、魔術自体は、グロテスクな異国性を思わせるというよりもむしろ、電報という西欧のテクノロジーが巧みに利用されたインチキである。しかしその意味で、印章彫りの欲望は、電信通信を異界からのメッセージと結びつけた、当時のヴィクトリア朝における霊媒師たちの欲望に類似するものがある。

印章彫りが魔術を行なうスドゥーの家の二階の部屋には、イギリス女王と皇太子の肖像画が壁に飾られ、印章彫りのグロテスクな魔術はまさにこの部屋で行われている。テクストによれば、政府が魔術禁止の条例を発布したのは、魔術が「いつの日かイギリス女王を殺しかねない」という理由からであった。だがこのように、イギリス女王と皇太子の肖像画が、印章彫りの一連の魔術パフォーマンスを見下ろしているという構図は、女王の支配下にあるインドで、いわば公然と魔術が行なわれているインドの日常の実態が寓話化されているといえ、その意味でこの作品の焦点はそのゴシック性ではなく、日常的で「ありふれたこと」(Cornell, 112)を扱っている点にあるといえるのである。

3 植民地における西欧医療とインド伝統医療

「獣の印」は、一八九〇年七月に『パイオニア』紙への掲載を経て、(7)翌年『人生のハンディキャップ』に所収となった。だがこの短編は、一八八六年、キプリングの才能に早くから気がついていたイアン・ハミルトンによって、当時、雑誌編集者であったアンドルー・ラングとウィリアム・シャープに送られるものの、「きわめて不愉快なもの」として却下されている(Birkenhead, 87)。

批評家で詩人のウィリアム・シャープは、作者キプリングが「三十歳になる前に気が狂って死んでしまうだろう」(Coates, 30-1)と予言した。この作品が、今も昔も、どのように読もうとも「不吉な様相を示す」(Green, 13-4)物語、と西欧の評者に言わしめたのは、この物語が西欧ヨーロッパ文明のコードおよび価値の崩壊・転覆のテーマを扱っているからに他ならない。

焦点となるのは、英国人である語り手とストリックランドが、ハヌマンの生霊的存在のシルバーマンに拷問を行なう場面であろう。現地に関する知識不足も甚だしい英国人フリートが、現地の神への冒涜行為を行なった結果、自らの身体に謎の斑点ができるという呪いを受ける。この斑点は、ハヌマンの神像の陰から現われたシルバーマンが、フリートの身体に頭を接触させることによって発生し、語り手とストリックランドは、このシルバーマンを拷問することによってフリートの呪いを解かせようと思い至る。二人が及んだ拷問という残虐行為は、語り手が「この部分は活字にできない」として省略記号が用いられ、語り手の抱く良心の呵責ともいえる身振りが窺える。しかし、だからといってこの拷問を、「英国人としての役割を維持するために一生懸命戦った」(Sullivan, 10) 英国人の苦悩の選択として考えることでは済まされない。この拷問によって、二人の英国人は文明人から野蛮へと転じ、ここで「獣の印」は、語り手とストリックランドにこそ布置される印となる(Low, 126)。

ジョン・コーツは、二人が拷問行為に及ぶ際に、語り手の発した次のような言葉に注目した。「わたしは、男や女たち、そして小さな子どもたちが、どうして生きたまま魔女が火あぶりにされるのを平気で見ていられるのかが分かった」という箇所である。ここに黒魔術の含みを読み取るコーツは、「見ていられる」の「られる」にあたる助動詞が"Could"ではなく"Can"という現在形であることに注目して、この悪行が「一七世紀に行われた幻想だったのではなく、現代にもありうべき事を示唆している」(Coates, 35) と指摘した。さらにこの物語には「不愉快な妖術が行われる場面がある」(Paffard, 96) とするパファードの指摘もまた、同様の場面を想定したものであろう。

シルバーマンがフリートに対して行なった治癒の行為は、「魔術」なのか「医療」なのか。そして、二人の英国人の友人として登場する医師のデュモアーズがフリートの「病状」を誤診したことは、一体何を意味するのか。

フリートの狼化という出来事じたいが、語り手とストリックランドという英国人だけに見えた妄想であったとするなら、同じ英国人であったデュモアーズもまた、フリートの姿を「狼憑き」と判断した可能性がある。つまり、デュモアーズの恐怖は、インドという「地」と迷信についての「知」が結び合わさって起こる植民者の恐怖であり、またこの恐怖は、フリートの病状が西欧の医学的「知」を超えていたことに対する医師としての反応であったと考えることもできる。ここで、このデュモアーズの困惑ぶりからみえる、当時の現地医療について一瞥する必要があるだろう。

植民地インドにおける西欧医療の導入は、軍の編成に従属する形で制度化されていった。それは一八世紀後半、東インド会社がベンガルに医療機関を設置したことに始まる。マドラス、ボンベイに設置された同様の機関がのちに合併し、インド高等医官（Indian Medical Service）が構成されていった。インド高等医官は、基本的には軍事目的を主とし、植民地政府の医療行政の中枢を担っていた。その中心となる構成員はイギリス人の軍医（Surgeon）

であり、英領インド全体に占める割合からすると、きわめて小人数であったが、彼らの補助にあたる要員は、一九世紀半ば以降、基本的にはインド人で占められていくことになった。[8]

サーラ・スレーリは、英領インドのナラティヴに見られる驚嘆すべきこととして、「イギリス人が最初のうちはインド文明をダイナミックなものと理解していたにもかかわらず、それがあっという間に静的《スタティック》で信用のおけぬインドという解釈に退行してしまった」（Sureli, 33）と述べている。一九世紀初頭の時点では、イギリス側にインドの伝統医療からも学ぶ姿勢が見られた。ヒンドゥー社会におけるアーユルヴェーダ（Ayurveda）、イスラムの影響とともに導入されたユナーニ（Yunani）は、西欧医学から見ると呪術的な要素を多く含んでいたと言えるが、植民地政治における医学教育は、こうしたインドの伝統医療に一定の敬意を払う形で進められていた。[9]

こうした動きの中で、近代的な西欧教育の促進を主張するアングリシストと、あくまでもインドの伝統的学問の普及に重点を置くべきだと主張するオリエンタリストの対立論争は活発化していたが、一八三五年、マコーリーの教育に関する覚書が出されたことにより、この論争はヨーロッパの学問の優越性が強調されることで決着がつけられる。この覚書は、「インド文化にある微妙なニュアンスを抹消し、その結果インド各地の現地語と学習方法に存続していた活力を全く見落としている」（Suleri, 33）という理由で悪名高い。また、法律評議員であったマコーリーは、一八三七年に刑法典の草案も提出するが、これは急激にヨーロッパの法制度に取って代えられることへの危惧が、現地の有力勢によって示されたため成立には至らなかったという経緯もある。一八五七年の一大反英運動の象徴というべきインド大反乱で大きな衝撃を受けたイギリス側は、従来のインド支配の在り方の根本的な再検討を迫られる契機となった。しかしこの戦慄の反英運動によって、イギリス人は、インドの風土のみならず、その人びとに対しても強い「他性」を見出していくことになる。

このような状況下のもと、植民地のイギリス人医師たちは、医療実践における「ブリティッシュネス」をめぐって、きわめてアンビヴァレントな立場に立たされていた。マコーリーの覚書が提出された十年後の一八四五年、すでにインドでは、英国経由で持ち込まれたメスメリズムが、医療現場に定着していた。英国の統治下に置かれたインドは、しばしば「妖術が快適に行われている国」（Lyall, 96）であると言われてきたが、これはまさに、一九世紀イギリスの医療における「実験室」としての英領インドをも想起させ、コーツが「獣の印」において注目した一九世紀にも「ありうべき妖術」という、英国の隠れた実態とを結びつけているといえるのである。

4　不気味な救世主《メシア》——奇跡の軌跡

英国メスメリズムの実験室と化していた一九世紀インドのありようが、キプリングの「獣の印」のコンテクストに変換されるとき、シルバーマンの奇妙な治癒行為は、メスメリズムとの関連から捉え直すことができるようになる。ここで、悪しき西欧のヒーリングの変遷を辿りなおすとともに、それを模倣する被植民者の表象としてのシルバーマンの行為を考えていきたい。

フリートがハヌマンの神像に「獣の印」を付けた直後に、その神像の陰から現われるシルバーマンは次のように描かれている。

男は、この厳しい、厳しい寒空の下に、一糸まとわぬ裸体をさらし、その裸体は白銀のごとく輝いていた。というのも、男は聖書でいう「雪のように白いライ病者」であったからだ。そのうえ、男には顔がなかった。それくらいライ病を長く患っている、かなり重症の病人であったからだ。（Kipling, *LH*, 219）

極寒のなかで銀色に輝く裸体をさらすシルバーマンには顔がない。それは彼が長く間ライ病を患っているからだとある。彼は、ただ「カワウソのような声」を発するだけで、いっさい言葉を話さないことになっている。さらにシルバーマンを示す代名詞は男性を指示する"he"であるが、その声は「雌のカワウソ（she-otter）」のようだとある。人間なのか獣なのか、男か女か、あるいは生霊か悪魔か。シルバーマンはきわめて実体性の希薄な存在であるといえる。このシルバーマンという女性化された「他者」がフリートの胸に頭を落とす場面には、ホモソーシャルな帝国主義のエートスを突き動かすような抑圧されたセクシュアリティの噴出をみることもできるだろう。よって、二人の英国人がこのライ病者にかした拷問は、帝国主義のイデオロギーに基づく性的固定化を復活させてもいる。

注目すべきは、シルバーマンの形容に聖書からの引用が些か皮肉的に用いられていることである。ライ病者であるシルバーマンは、「出エジプト記」（第四章第六節）からの、モーセがライ病を患った手を表現する際に用いた「雪のように白い」と形容されている。旧約聖書のみならず新約聖書においても、ライ病は、祭儀的に「汚れた者」に布置される「罪人の病」として、あるいはまた逆に、受難の印としての「聖なる病」（荒井、138）として、両義的に解釈されてきた。シルバーマンの形容に聖書からの引用が使われる意味を、ここで考えてみる必要があるだろう。

そもそもこの作品のタイトル「獣の印」（"The Mark of the Beast"）自体が、「ヨハネ黙示録」（第一六章第二節、第一九章第二〇節）において現出する言葉であることは言うまでもない。そして、聖書の物語においては、「印し」（"mark"）ということが、第一義的意味として、純粋／堕落、選ばれし者／呪われし者、正義／邪悪などの、二項を区別することであるのは周知のとおりである。物語の冒頭において、フリートがハヌマンの神像の〈額〉に煙草の吸殻を灰ごと押しつけるさまは、「創世記」において、神がカインの〈額〉に、アベルを殺した罪としての「罪の印」を刻む場面と奇妙な重なりを見せている。また、フリートの胸にできるロゼット模様の黒い斑点が「豹の皮」（leopard's hide）に見るような斑点であるのは、このあと狼に変身するフリートを「獣」（beast）として語り手が同定化していくことと関係がある。それは、この"leopard"と"beast"の関連が、「ヨハネ黙示録」（第一三章第二節）の「わたしが見たこの獣は豹のよう」（the beast I saw was a leopard）からの連想（Battles, 336）として解釈できるからである。

そして、このような聖書の隠喩との関係のなかにあらためてシルバーマンを置いてみると立ち現われてくるのは、不気味な救世主としてのシルバーマンの姿である。

彼［シルバーマン］は、獣［フリート］のところに這い寄り、その左の胸に手をのせた。

それだけのことだった。

この、左胸に「手をのせる」だけのシルバーマンの呪い解きの行為は、まさにイエスが至るところで病魔を退散させる際に行なった「手かざしの治療」そのものである。この「手かざしの治療」による癒しの御業は、聖書において、イエスが成した「奇跡」の偉業である。シルバーマンの呪い解きの行為を、キリストの「手かざしの治療」と同一視することによって、シルバーマンは、手を置くだけでたちどころに悪霊や病を消してしまう救世主としての存在感を確立している。キリストとの対比によって浮かびあがるシルバーマンの不気味ともいえる救世主性。このような読みは、「獣の印」を、植民地での恐怖物語から、不気味な「奇跡物語」へと転じさせる。さらに、この「手かざしの治療」は、一七世紀以前から伝わる、「奇跡」を応用した西欧ヒーリングの歴史において存在した、まさに疑惑の治療法であったことを思い出す必要がある。

一七世紀末まで、イングランドとフランスでは、王が触れて行なうお手付けの治療法が人気を博した。それは、「ロイアル・タッチ」もしくは「キングズ・タッチ」と呼ばれ、イエスの「奇跡」を模倣した治療法であった。それは魔術的な治療法であったにもかかわらず、公式的に寛大な特権が与えられた唯一の例とされ、イギリスの国王に関して言えば証聖王エドワードが一〇四五年に開始して以来、アン女王の時代まで七百年近く続いていく。

かつて西欧の王たちは、下々の民に対して、国民統合の象徴という欺瞞的なシンボル以上の、神々しいともいえる存在感を誇示しえていた。よって目下君臨している王は、神が王位を授けたという王権神授説に則って、王が患者を触れれば、神聖なる治癒力が王の手のひらを通じて患者に伝播し、患者は治るといって憚らなかった。ロイアル・タッチの儀式は、国王の神通力を披露する権力正当化のイデオロギーだったのである。(10)

一七世紀以前から脈々と続く手かざしの治療。一九世紀後半においてもなお、ヴィクトリア女王に治療の力が備わっていると本気で信じている人びとが存在した。さらにこのロイアル・タッチは、一八世紀から一九世紀に広く伝播したメスメリズムに受け継がれる。メスメリズムは、一七七〇年にウィーンの医師フランツ・アントン・メスメルによって発明された

「動物磁気説」に基づく治療法であったが、イギリスへの本格的な流入は一八三七年、フランスの動物磁気治療家デュポテ男爵が、ロンドンの医師ジョン・エリオットソンに伝えたのが始まりである。その後一八四三年に、マンチェスターの医師ジェイムズ・ブレイドがメスメルの治療法とその原理に、「動物磁気」に代わって「催眠作用」（hypnotism）という造語をあて、「メスメリズム」は「催眠術」となっていく。

メスメリズムの治療法は、術者が患者と向かい合い、手のひらを、多くは接触させずに身体の上にかざして撫でるような動作をすることによって、動物磁気を患者に与えるというものであった。すると患者は、奇妙な心理状態を体験するとともに、なかには激しい痙攣発作を起こす者もいたという。この発作を起こさせることが治癒の必要条件となっている（Oppenheim, 211）。痙攣が宗教的な場で起こることは至極当たり前のこととしてあった。こうしてメスメリズムは、一九世紀のいわゆるキリスト教信仰不信を背景にヨーロッパ中に興奮の渦を巻き起こして心霊主義運動と連動し、宗教と科学の両立を望む民衆の欲望を土台として設立されたさまざまな新興宗教において応用されていった。信頼の根拠は、やはりメスメリズムの治療法と聖書の奇跡との類似性にあった。

こうした西欧にみる「手かざしの治療」の伝統は、「獣の印」におけるシルバーマンの行為にひとつのコンテクストを与えているといえるだろう。この物語が西欧の読者に「不快感」を与えているのは、単に、非西欧に脅かされる植民者の姿が描かれていたからではない。また単に、二人の英国人が行なった拷問という残虐行為が恥辱に堪えられないという理由だけではない。キリストが行なった神の御業である「手かざしの治療」をアプロプリエイトした西欧の詐欺的・欺瞞的精神の歴史を、非西欧によって暴露されるところにこそ、彼らの不快感を察知できるのではないだろうか。

5　植民地主義における忠誠と背信の心的力学

メスメリズムを植民地で行なった第一唱道者、スコットランド人医師ジェイムズ・エズデイルは、一八四五年に、二六一人もの現地の囚人にメスメリズムを施して外科手術を行なうという人体実験を行なった。その後、彼は帰国して英国人にも同じことを試し、英国人の方が催眠術にかかりづらかったという報告をしている（Winter, 197-8）。一見すると、エズデイルの実験報告にみられる「人種差」は、個人と個人のあいだに起こるパワーの表明を植民地支配の権力関係に比例させたものといえる。だが、エズデイルがこの実験によってインドの医療業界から一躍注目を浴びることになったのは、インド側にとって、メスメリズムという「西欧医療」が、彼らの呪術的な伝統医療に近かったからという理由だけではないだろう。

アリソン・ウィンターは、西欧人医師エズデイルが、ある日、現地のある患者から要請を受け、ベンガルでもっとも有名な魔術師で治療者といわれた男とともにその患者宅を訪れたときの、興味深いエピソードを紹介している。

エズデイルと地元の魔術師が同じ患者宅に行くということは、彼らがお互いの治療の技術を見せ合うことを意味していた。患者宅で、魔術師から治療法についての説明を求められたエズデイルは、自分がエディンバラ大学で医学を勉強してきたことについては一切口にせず、自分は偉大なる「東洋」の神秘家の系統を引くもので、エジプトで魔術の研究をしてきたなどと語る。よって双方の治療が「東洋」に由来するものであるとの認識から、二人の治療の見せ合いは始まった。

まず、魔術師は、水でいっぱいになった真鍮のポットと、葉のついた一本の棒を用い、患者のそばに座って、呪文を唱えながら、人差し指を水の中につけ、水を患者の顔に振り掛けるようにした。それから彼はゆっくりと患者の頭からつま先まで葉の部分で繰り返し撫でる動作を続けた。次にエズデイルの番となった。エズデイルはここで、患者にではなく、魔術師に対して術を施したいと申し出る。そして魔術師がそれを了解すると、エズデイルは、彼に横になって目をつぶるように指示し、魔術師の体を撫でるような動作に入った。すると魔術師の顔が穏やかになり、睡眠状態に入ったかに思われたが、ほどなくして、魔術師は自分の力で起き上がってしまう。翌日、二人の男たちは再会し、エズデイルは、魔術師に対し、昨夜自分は魔術師を眠らせることができなかったと正直に告白する。それに対して魔術師は、エズデイルが確かに自分を眠らせたと言い張ったというものである。

西欧人であるエズデイルが、自分が〈東洋〉で修行してきたとするフィクションを語ったことは、メスメリズムが、聖書の奇跡はおろか、「感応」の現象、アヘンの服用などとともに、伝統的なインドの治療者たちのトランス状態を想起させることを、彼が認めているという意味を持ち、それはすなわち、魔術師と自分との関係が対等であることを認めていることにもなる。

例えば「スドゥーの家にて」において、植民者側にいながら魔術を奨励する語り手のセルフ・エキゾティックな立場は、法律で魔術を禁ずる側にあるはずの政府の財政報告こそが、魔術に他ならないと政府を非難しつつ、財政を詐欺的に管理する政府の欲望と、高額ないかさま魔術を行なう印章彫りの欲望と同一視することで、印章彫りの魔術を否定することにもつながっている。

イギリス統治下のインドではまた、現地人が、支配されつつみずからの立場を確立していくために、植民者の欲望を模倣することがある。「スドゥーの家にて」の印章彫りが、西欧のテクノロジーを駆使した情報操作を行なう姿に、模倣的な欲望を垣間見ることができるであろうし、「獣の印」におけるハヌマンの僧侶も、実はそのひとりであるかもしれない。ストリックランドがフリートの無礼を詫びるために僧侶のもとを訪れると、僧侶は、「かつて白人の誰一人としてこの神像に触れたことはない」とフリートの罪を否定する。さらに「おまけにあなたは妄想を抱いて苦しんでいる徳の権化のような人だ」と付け加えた僧侶の言葉は、少なくとも、二人の英国人に、フリートの罪よりも、自分たちがハヌマンの生霊を拷問にかけた罪への自戒の念を抱かせたに違いない。しかし逆に、この僧侶の言葉から、事件を取り繕った二人の英国人が抱いているのと同様の〈不安〉を読みとる解釈も存在する(Coates, 36)。この解釈は、現地において「完璧な英語」を話しフリートの事件を否定した僧侶の姿に、植民者と同等の人間になりすます被植民者の欲望を読み取るものである。もしそうであるなら、本当は「異教の神々は無情の石と真鍮」に過ぎないのに、「そうではない見方をする者」が「罰を受ける」ことになるとするテクストの最後の文から、異教の神を単なる石と考えるべきだとするメタ・メッセージは想定されえない。

「獣の印」において、英国人の現地文化への同化願望は、現地をよく「知る」ことと同義となっている。現地に関する知識が「限られていた」フリートは、その知識不足によって土地の神の怒りに触れる。だが一方で、現地に「精通していた」はずの語り手とストリックランドが結果的にうけた恐怖は、彼らの「現地に精通していた」とする言葉の修正を迫るものとなっている。この二人の英国人の同化願望は、フリートという同国人を植民者が制定した法律で裁かない選択肢を選ぶことに表われているが、彼らがシルバーマンを拷問することによって、他者を差別化するという二面性を作り出している。こうした二面性は、異国の文化との契約において安全でいられる選択肢が、文化的無知のフリートと、現地に「精通していた」はずの二人の英国人の立場との、まさに「両極端の中間にしか存在しない」(Coates, 33)ことの証左なのかもしれない。

6　エキゾティックな自己／他者

「獣の印」も「スドゥーの家にて」も、物語の焦点は、ある意味で病気の治癒にある。

「獣の印」でのフリートの「病」は、シルバーマンのライ病に感染したものか、あるいは恐水病なのかをめぐって、二人の英国人を翻弄させる。また「スドゥーの家にて」の印章彫りのいかさま魔術は、胸膜炎におかされたスドゥーの息子を救う名目で行われる。印章彫りの詐欺を知りつつ、警察に証言することもできなかった語り手は、最後に、今後みずからが印章彫り殺害の計画に加わることを仄めかし、彼が「コレラで死ぬことになるだろう」と結んでいる。

一九世紀後半から二〇世紀にかけてのインドは、いわゆる「飢饉と疫病の時代」(脇村、2-3)にあった。半世紀のうちにインドは少なくとも十一回の飢饉に見舞われ、天然痘、コレラ、ペスト、マラリアなどの疫病が多大な人的被害をもたらした。「スドゥーの家にて」の冒頭近くにおいて、語り手がスドゥーとの再会の際、出合いがしらに十五分間ほど、「天候と自分の健康状態と収穫物について」会話をする。本題に入る前の、一見すると会話の導入部分に過ぎないこの記述は、しかし、一九世紀末のインドの気候条件と疾病の関係、および食糧不足と貧困の関係にそれとなく言及するものであろう。

一九世紀末にインドを襲った飢饉は、イギリス側からすれば、インドの熱帯的風土が引き寄せる自然の猛威として理解されたが、[11]インドのナショナリストからは、飢饉の原因は貧困にあり、その貧困こそ植民地統治下の経済的収奪によってもたらされたと理解される。「獣の印」に描かれる白人だけが集まった大晦日のクラブは、ビルマの併合、スアキンでのスーダン部族たちとの衝突という、死の危険に直面している男たちが唯一許される程度の酒に酔える場であるのと同時に、このような戦いには参戦せず、土地所有者として現地に暮らすフリートの泥酔の現場でもある。「スドゥーの家にて」では、植民者側にいる語り手が政府の財政報告の悪しき「魔術」性に不満の声をあげ、一方で、印章彫りが偽魔術によってスドゥーの財産を奪っていくという、両者の「魔術的行為」が描かれている。これは、一九世紀後半の、交通の革命的発達などから生み出された帝国の種々雑多な富と、それとは裏腹に存在した財源確保の危うさにみる一八八〇年代後半の経済的梗概を示すものである。

植民地支配における忠誠と背信の心的力学は、植民者と被植民者の戦略のあいだに模倣関係を生じさせる。他者を異質なものとして差別化しつつ、同時にそれを効果的に支配していきたい植民者の欲望は、支配するために従属させるロジックによって、被植民者が自分たちと異質ではなく地続きであってほしいという欲望を生み出し、その欲望の読み解きえぬエキゾティシズムの裏返しとして、被植民者たちの威嚇的な態度の回帰をも、植民者の欲望の模倣として反復的に明示されていく。そして実は、こうした植民者と被植民者の欲望のあわいに介在する恐怖が、「獣の印」および「スドゥーの家にて」に描かれた「アングロ・インディアンという立場に孕む緊張感」(Ricketts, 87; Cornell, 111) であるに違いない。他者性という誤謬がうむ(被)植民者の自己解体の瞬間と、文化的差異の事実を腹話術的に語っている主体が一体誰なのかという果てしない問いが、物語のなかで修辞的に反響し合う。まるでそれが、魔術を行なう印章彫りに「腹話術」で語らせた、キプリングの真の意図であるかのように。

■注

(1) インド刑法第四二〇条の条文を記しておく。

420. Cheating and dishonestly inducing delivery of property. –Whoever cheats and thereby dishonestly induces the person deceived to deliver any property to any person, or to make, alter or destroy the whole or any part of a valuable security, or anything which is signed or sealed, and which is capable of being converted into a valuable security, shall be punished with imprisonment of either description for a term which may extend to seven years, and shall also be liable to fine. (Mulla, 1611; Raju, 1153)　詐欺を行ない、財産を取得したり、有価証券類を偽造した者は、七年以下の禁固刑に処され、罰金を併科されるとするもの。

（2）特に第四二〇条は、詐欺一般を取り扱う第四一七条などとは区別され、財産の引き渡しに絡む詐欺として特殊化されており（Mulla, 1612）、第四一七条よりも刑が重い。

（3）詐欺の幇助は違法行為となる（Raju, 1139）。

（4）インド刑法の「宗教に関する罪」（Of Offences relating to Religion）は第二九五条からはじまり、このようにある：**295. Injuring or defiling place of worship with intent to insult the religion of any class.** Whoever destroys, damages or defiles any place of worship, or any object, held sacred by any class of persons, with the intention of thereby insulting the religion of any class of persons or with the knowledge that any class of persons is likely to consider such destruction, damage or defilement as an insult to their religion, shall be punished with imprisonment of either description for a term which may extend to two years, or with fine, or with both. (Mulla, 880) いかなる人々が信奉する宗教であっても、侮蔑の意思を持って、もしくは侮辱ととられることを推知できながらも、その宗教の物品や礼拝場所を破壊、損傷、汚涜したりする者は、二年以下の禁固刑が罰金、もしくはその両方を科されるとするもの。宗教についてはトラ

ブルを避けるために、きわめて厳重な規定が設けられている（木田、25）。

（5）テクストには、ジャヌーとアジズンが「古風で多かれ少なかれ名誉ある職業の女たち」であったと書かれている以外は、二人の職業について詳しい説明はない。だが、コーネルがジャヌーを「売春婦」（prostitute）と指摘していることと、「名誉ある職業」との関連から、二人のうちの少なくともジャヌーは、下級カーストに属する放浪売春婦なのではなく、寺院奉仕との関係を持つ神前娼婦（デーヴァ・ダーシー）であった可能性が考えられる。寺院奴隷から生じ、司祭による宗教的な寺院売春から由来したもので、今日でもシヴァ崇拝と結びついているデーヴァ・ダーシーは、多くの寺院祭祀において、またあらゆる高尚な社交においても、今日でも不可欠であり、昔も今も、独自の法と特別の世襲制・養子権を持つ特殊カーストを形成しているとある（ウェーバー、206参照）。

（6）『ホブソン・ジョブソン』によると、Jadooはサンスクリット語のyātu、ペルシア語のjādūから派生したヒンディー語であり、「奇術（conjuring）」、「魔術（magic）」、「まじない（hocus-pocus）」であるとされている（Yule, 445）。

（7）他にも、一八九〇年六月に『ユナイティッド・サーヴィス・マガジン』にも掲載されている（Green,13）。

（8）植民地インドにおける医療事情については、脇村『飢饉・疫病・植民地統治』を参照した。

（9）例えばインドの法典化を例にとっても同様である。イギリスがインドに進出したときインドを支配していたのがイスラム教であったこともあり、ヒンドゥー教とイスラム教のそれぞれ「マヌ法典」と「コーラン」が法の規範として存在していた。東インド会社がインドの現状をできるだけ変更しない方針をとっていたため、イギリス統治下においても法の改正は手付かずのままとなる。一九世紀に入り、英領インドが統一的な法典制定の必要性に迫られた際、法律委員会が設立されて一八三三年特許状法（Charter Act of 1833）が制定されることとなる。この第五三条には、ヨーロッパ人であれ現地人であれ、すべての者に効力がおよび、警察や司法機関ができるだけ早く英領インドにおいて確立されるべきこと、さらにその法が、民族の権利や特殊な慣行を正当に考慮して制定される必要性が定められていた（Stephen, 298）。

（10）キリスト教教会は、宗教の範囲外で奇跡的治療を奨励していた。教会の外では呪術や妖術と同一視されてはいても、このロイアル・タッチだけは教会当局が容認した唯一の例外であった。西欧の王国で続いていた「医療儀式」が治療の対象とした典型的な疾患は、王の悪疾（king's evil）と呼ばれていた病気である。この病気は「瘰癧」と訳されるものだが、現代の医学では「結核性頸部リンパ節炎」（佐藤、158）といい、現在は抗生物質によって治療可能な病であるが、二〇世紀半ばまでは手の施しようのなかった感染症であった。この瘰癧の治療法は、まず、患者は王の前に跪くことを求められ、王が患者の顔にそっと触れて、通例は神の名を念じた。その一方で、司祭が「マルコ福音書」の一節「彼らは病者に手を置き、彼らは治るだろう」を読み上げるというものであったという（トマス、284）。

（11）コレラや熱病などは、イギリスでも存在した疾病であるが、インドにおいてはそれが激烈な症状を示し多くの人間を死に至らしめるとする、イギリス側の「環境主義的パラダイム」（Arnold, 28）からインドの疾病環境が理解されていた。この環境と疾病の密接な関係性を指摘する見解は、疾病が瘴気（miasma）から惹き起こされるとするミアズマ説を基盤とし、悪い空気が疾病を作り出すとするヒポクラテスに淵源するヨーロッパ医学の考え方である。

第5章 癒されない者のパラノイア・ファンタジー
衛生と戦争と女性たち

1 家内衛生運動における医者の位置

医者が建築家を兼ねていた時代があった。というよりも、その時代の医師は、人の健康のみならず家屋の健康をもつかさどる役割を担っていた。

一八八四年、ロンドンで大規模な国際健康博覧会（International Health Exhibition）が開かれ、住宅の衛生に関する議論が盛んに行なわれていた。ヴィクトリア朝時代後期、「家庭の天使」が暮らす、安全で安らぎを与えるはずの家が、実はきわめて不衛生な事情に悩まされており、人々は自らの家の外壁で、床下で、屋根裏で、何が起こっているのかも知らぬままに、家は病に侵され、汚水が溜まり、異臭を放つ空気が蔓延して、住む人々の健康を蝕んでいた。刺激臭のある土壌の下に埋められた腐敗した排水管から、家の中に引き込まれる汚染された空気が、人体に悪影響を及ぼすこと甚だしく、同時代に出版されたフローレンス・ナイティンゲールによる看護の心得を実践的に説いたマニュアル『看護覚え書き』のなかには、「家屋の健康」(Health of Houses)という章まで設けられていた。「家屋の健康」には次の五つの要素が不可欠とされ、これらの要素の不足度に比例して不健康になると説明されている。(1)

1　清浄な空気(Pure air)

2　清浄な水(Pure water)

3　よく流れる排水 (Efficient drainage)

4　清潔 (Cleanliness)

5　光 (Light)

（Nightingale, 15）

当時の医師たちのあいだに、すべての病気の三分の一以上は、欠陥のある住宅排水に原因があるという見解があった。このような見解を持つ医師の代表格に、プリジン・ティール（T. Pridgin Teale）という医師がいた。ティールは、リーズ市の外科医として、自分の患者を診察するために、その患者の家の査定も行なうという、「家屋」の健康をも診察することを含めた医療実践を展開してきた医師である（Adams, 37 参照）。[2] 誤った方法で建てられた家が人間の健康に害を及ぼすという、ティールをはじめとした医療関係者が指摘した建築に関する科学的なアプローチは、解決不可能な健康上の問題を解消してもらいたいと切望する中産階級層に浸透していく。それは内科医の自信を後押しすることともなって、科学的な原則に基づいた建築物の設計のあり方が、この時期の物質文化を大いに活気づけもした。

一九世紀に起こった家内衛生運動（Domestic Sanitation Movement）に関与したこのような医師たちは、ある意味で患者を診断し、治療し、癒すのと同様に、建築物を診断し、治療し、癒すことを要請された。事実、一八七〇年代・八〇年代以降、医者たちがモデルハウスの設計を行ない、資材の利用や新しい建物に関するオリエンテーションをすることは珍しいことではなかった。多くの医師たちが建造物の設計者ともなったのである。このような医師たちが、「建築医師」（building-doctor）として建築関係の権威の象徴となっていた（Adams, 39）ことを確認しておく必要があるだろう。

この「建築医師」にあやかった人物が、キプリングの「家屋外科医」に語り手として登場している。タイトルの〝House Surgeon〟は、いわゆる病院の「住み込み外科医」を意味する単語である。だがこの短編には、そのような「住み込み外科医」は登場しない。それに相当する医師のような存在、つまり「家」（house）の「外科医」（surgeon）として、ある一家の「家」にとり憑いて家族を憂鬱にさせる原因が何かを解明する、医師のような存在の「語り手」が登場するだけである。そして、この物語「家屋外科医」は、実際にキプリング

ロック・ハウス

が滞在した「不健康な家」での体験がもとになっている話である。

2　キプリングの〈不健康な家〉

一八九六年から九七年にかけて、キプリング一家は、デヴォン州トーキーの近くにある村メイドンコームで賃貸契約をしたロック・ハウスに居を構えた。合衆国から戻ったばかりのキプリング一家は、寒い気候とその湿気の多い土地の環境に馴染むことができず、アメリカへのノスタルジアが深まるとともに、トーキーに「息詰まるものを覚え」(Ricketts,

226)、一八九七年の夏までにこの家を去ってしまう。一八九六年から九七年の冬は、特に湿気と寒さがひどく、じめじめとして雨が八ヶ月も続き、海霧や白カビが発生したりした。この土地の環境は、まさに、キプリングの「我慢の限界を超えるもの」(Orel, 38-9)であったと報告されている。

キプリングは、確かに、何か自分たちを不可解に「憂鬱」にさせる存在に気がついていた。それは彼が二十歳のとき、初めて「暗黒の力」(Power of Darkness)なるものと遭遇したときの恐怖に類似していたという(Islam, 87)。誰もいないはずの自分の部屋に入ったとき、彼が感じた「これ以上ないという程の暗闇の恐怖」(Kipling, *Something*, 65)を、ロック・ハウスでも体験したということである。よってキプリングは、ロック・ハウスで体験した「憂鬱」を、きわめて心霊的な原因によるものと考えていることがわかる。それは「風水」(Feng-shui)という言葉で説明されている(Ibid., 134)。中国の民間伝承でいう「風水」は中国語で「風と水」の意味をもち、気の流れと地勢の関係を占って住宅の位置などを決める中国陰陽道の術であるが、キプリングはこの用語を「家それ自体の霊」だと説明している。

だが興味深いことに、キプリングは、ロック・ハウスを去る際、風水のことは理由にせず、「地下貯水タンクを口実にして」(Ibid., 134) いる。

この家には、キプリングが住んでいた当時から「不可解な胴枯れ病」が発生していたようである。キプリングは三十年後にこの地を再び訪れるが、やはり当時と同じような不快な印象をこの地に対して感じたといわれている (Stewart, 137)。自叙伝には書かれていないものの、キプリングがロック・ハウスに滞在中、「不可解な胴枯れ病」に悩んでいたらしいことは注目に値する。

胴枯れ病は、多くは子嚢菌などの菌類の感染によって発生する植物の病害で、一般に防除がきわめて困難な植物細菌病である。植物病は、農業生産や生態環境を著しく損なうことによって、人類の生存と地球の環境を脅かす。主食であったジャガイモに胴枯れ病が大発生したことによる一八四五年のアイルランドの大飢饉は、歴史上有名な出来事として記憶に残る。

細菌の発見は一七世紀に遡るが、一九世紀末にパスツールによる炭疽菌の発見およびそのワクチンが製造されるまで、人の目には見えない病原菌によって引き起こされる胴枯れ病は、植物を奇妙に腐朽させ、人びとに不気味な感覚を与えたに違いない。前述のように、ヴィクトリア朝後期、衛生学的にいえば、家庭は「見えない『殺人者』が横行する『死の罠』にほかならなかった」（大久保、210）。よって、胴枯れ病の原因が明らかにされるまでは「探偵が必要であった」（Coates, 80）と言われるほど、「室内を、そして身体を」、さらには家の庭をも侵食する「見えない脅威」（大久保、210）をめぐって、家庭内の「殺人犯」探しは、心霊的要因と衛生学的要因の混沌のなかで展開されたことが予想される。

事実キプリングが、ロック・ハウスで体験した「憂鬱」の原因を、「風水」という霊的な要因と、「地下貯水タンク」という衛生学的要因を示唆する言葉で説明していることが、その証左となっており、それはそのまま「家屋外科医」においても踏襲されている。

語り手「私」は、本国へと向かう蒸気船の中で、数人の集まりに参加して怪談話に興じていた。この集まりが解散となったあと、隣のアルコーブで一人トランプをしながら語り手らの話を聞いていたムリオド（M'leod）という男が、最後に話していた話の結末に納得がいかないと切り出してくる。そこでの語り手は、その話については「排水管のせい」であったことを説明しつつ、家の配管が新しくなった途端にそこから呪いがあがってきたのだと推測を立てる。新しい配管を入れ換えることによって「呪い」と思われていた悩みが解消されていくというのならば納得がいくが、排水管が原因と思われた「呪い」について自らがその科学的アプローチを否定しているかのような語り手の話は、当時の衛生学的見地を皮肉っているようにも思われる。この語り手の言葉に反応して、ムリオドは、自分も家の排水管を二度入れ換えたのだが、実は「憂鬱」に悩まされていることを打ち明けるに至る。語り手はひょんなことからこのムリオド一家と共に週末を過ごし、自らもその「憂鬱」を体験すると、その原因を探るべく「探偵」の役割を引き受けることとなる。

この物語は、実際に「心霊探偵小説（psychic detective story）」（Ricketts, 209; Page, 95）と呼ばれている。「探偵」の代名詞的存在シャーロック・ホームズへの意味ありげな引用を含んでいるからであろう。「憂鬱」に悩まされているムリオドの家は、明らかにシャーロック・ホームズが意識された「ホームズクロフト（Holmscroft）」邸と呼ばれ、語り手はいわば「探偵」としてその家にまつわる謎の解明にあたる。シャーロック・ホームズの生みの親コナン・ドイルのファンであったキプリングは、「ホームズもの」の物語やその歴史ロマンスのどちらも楽しんで読んでいた（Ricketts, 209）。この二人の作家のつながりは、一八九四年十一月二八日に、コナン・ドイルが、イギリスからアメリカに移り住んだばかりのキプリング一家の家「ナウラーカ」を訪問し、一緒にゴルフを楽しんでいることからも容易に指摘できる。当時はまだアメリカではあまり知られていなかったというゴルフであるが、ドイルが「ナウラーカ」訪問の際、キプリングにゴルフを教えたときのエピソードも残されている。

キプリングの「家屋外科医」の中では、語り手が、ホームズクロフト邸の前の持ち主の事務弁護士であるバックスターに接近して、ゴルフ好きのバックスターからゴルフの手ほどきをうけながら情報収集に努めるあたりは、ドイルとの思い出がほのかに見え隠れしているようでもある。(3) だが、自分が求めている類の証拠に行き当たらない語り手は、到底「シャーロック・ホームズのような人間になれそうもない」と自白したりする。

事実、「憂鬱」の原因は、ホームズクロフト邸の前の住人であったムールトリー姉妹の、死んだ妹アグネスと彼女に対する誤解を抱いたまま苦痛にさいなまれている姉メアリの両者から発せられた「不可解で心霊的なエネルギー」(Bauer, 80) であったことが判明する。死者と生者の間の誤解が解消されると霊気は鎮まり、物語は一気に解決の方向へと向かう。ホームズクロフト邸を侵食していた「見えない脅威」は、衛生学的に説明がつくものではなかった。だが、生霊 (phantom of the living) が現れるというのは「当時流行していた考え方」(Coates, 80) でもあった。

「現在」にはつねに何かが不足しており、謎が含まれていて、人びとは思いもかけなかった「過去」の想定によってしか、この謎めいた現在の真実に目覚めることができない(内田、183)。「過去へと再帰する時間」の構造に閉じ込められていることに探偵小説の重要な教訓があるのだとするこの内田の指摘は、キプリングの「探偵小説」を再読する契機を与えてくれる。そしてそれには、探偵小説の黄金時代に書かれたもう一つのキプリングの「探偵小説」に目を向けてみる必要があるだろう。

3　キプリングの探偵小説

一九二〇年代から一九三〇年代に、いわゆる本格派探偵小説「フーダニット」は黄金期を迎える。アガサ・クリスティの『アクロイド殺し』が発表されたのが一九二六年、エラリー・クィーンの分類を例にとれば、クリスティは、ディック・ドノヴァン、G・K・チェスタトンなどと並ぶ本格派探偵小説家（Queen, 479）の代表であった。一方、探偵小説家としてはあまり知られてないキプリングもまた、探偵小説に「屈辱を忍んで着手した」有名文士として、ディケンズやスティーヴンソン、ハーディらと共にその名をつらねている（Queen, 484）。

実際、キプリングは「本格的な探偵小説」（Crook, 15）、「巧妙な探偵小説」（Amis, 104）と評される作品を書いていた。「妖精の箱」という作品である。一九三二年の『限界と再生』に所収の作品であるが、初筆は一九二四年一〇月、翌年の改訂を経て、一九二七年九月の『マックリーズ・マガジン』、十月の『マッコールルズ・マガジン』に発表された一九二〇年代の探偵小説である。

「妖精の箱」が、「キプリング唯一の探偵小説への試み」（Shanks, 242）と言われるのは、「きちんとした探偵小説」が書きたいと話す一人称の語り手「私」に対して、彼の友人が「修正を加えない」ことを条件に探偵小説のネタを提供するという枠が、探偵小説を宣言しているせいであろう。

一九二八年、キプリングおよびクリスティらと同時代における、「探偵小説」というジャンルの掟ともいうべきヴァン・ダインの〈探偵小説作法二十則〉が発表された。例えばヴァン・ダインは、犯罪が自然な方法において解決されうるために、「自動筆記や占い盤、読心術、心霊術、水晶占いの類いで真実に到達するのはタブー」（Van Dine, 190）だとしているように、〈探偵小説十戒〉を発表したノックスも「あらゆる超自然現象の類いはいっさい排除すべし」（Knox, 194）としているが、「妖精の箱」の語り手は、イギリス一七世紀の高名な占星術師ウィリアム・リリーの名を挙げつつ、「なぜ探偵小説の作家たちは占星術を使って地元のシャーロック・ホームズに手を貸してやることをあまりしないのか」などと皮肉めいた口調で語る。彼は、然るべき探偵小説が書きたいのだと友人に打ち明け、そのくせ「死体以外のところに行き着いたことはない」ことが不満とも見え、「探偵小説には死体の存在が不可欠」（Van Dine, 190）の法則に異議を唱えるような発言をしている。語り手が友人キードから聞いた話に「修正を加えない」約束で編集したこの「探偵小説」は、エレン・マーシュという女性の死体の発見から、その犯人捜しをする「フーダニット」の形式を表向き装って始まる。これが「妖精の箱」の枠内物語を形成している。しかしながら、本来「探偵小説で起きる犯罪は、あとで事故死や自殺だったという結果になってはならない」（Van Dine, 192）にもかかわらず、ほどなくしてエレンの死は実際には建設業者のトラックから張り出した梁に斜めから殴打されたことが原因による事故死であったことが判明する。

キードとレミングという二人の探偵は、死体周辺に置き去りにされていたバイクと、そばに残されていた移植ごての持ち主を突きとめ、シャーロック・ホームズさながらの推理を展開するが、二人は、容疑者ヘンリー・ウォリンの家を訪れた際に、家政婦からウォリンが「戦争で負傷し、毒ガスにやられ、壊疽になった」ことを聞かされ、彼の所持品であった移植ごては、殺人のための凶器などではなく、花を植えるためのものであったことが判明する。彼らは結局、犯人の捜査が失敗に終わったことを認め、「第一級のシャーロック・ホームズたりえなかった」と告白するに至る。まさに「妖精の箱」は、殺人事件の謎の解明についての話から、いつしか事件の容疑者ウォリンが抱える精神的病の謎を解明することへとシフトしていくことになる。キードは探偵である前に医師であった。このことは、「塹壕《ざんごう》のマドンナ」にも登場してくる同名の登場人物キードが軍医であり、同じく、精神的病を癒す「医師探偵（doctor detective）」（Crook, 157）とされていることからもうなずける。

また「家屋外科医」においても、アグネス・ムールトリーの死体をめぐる謎は、誰が殺したのかというフーダニットにはなっておらず、自殺か事故死かの問題になっており、これも結局は事故死であることが判明することになる。よってアグネスの死体も「探偵小説に不可欠な死体の存在」とはなっていない。だが、アグネスの死には謎が含まれていた。彼女は生前、事務弁護士のバックスターと一時は恋仲になるものの、離別している。彼女の心の痛みについて、読者はもはや知ることはできないが、彼女が何らかの理由で狂気に陥ってしまったという謎がある。ムールトリー家の姉妹たちは、安息香チンキの煙る部屋の中で眠り、吸入などのさまざまな薬剤に頼らねばならない持病を持つ。アグネスもまた同じ病を持っていたと語るバックスターの証言から、アグネスは、持病の発作が起きて窓を開けた際に誤って転落してしまったと考えられる。アグネスの狂気と持病の悪化が、どこまでバックスターとの関係に起因するものであるかは想像の域を出ないばかりか、アグネスの死をめぐるいくつかの謎は、ホームズクロフト邸における問題の解決とは一切関係してこないのである。

探偵の役をかってでる「語り手」は、ムリオドの娘から「医者と思われて」いる。だが実際に彼が医師であるかどうかは分からない。彼は、シャーロック・ホームズの物語に必ず登場する相棒の医師、ワトソン博士の名前を出しながら、自分が、どの物語に出てくる「ワトソン博士よりも動揺していた」と自白している。ホームズクロフト邸を襲う「憂鬱」を自らも体験した語り手は、その家の背後に「説明したがっている誰かの」欲求があることに「心の中で」気づく。捜査の手法においては、「空想の産物、現実味のない方法は探偵小説では使ってはならない」（Van Dine, 190）ものであるとされるが、探偵としての彼の判断は、

「具体的で事実に基づく証拠からではなく、むしろ直観による」(Kemp, 58) ものであることは否めない。

「妖精の箱」という探偵小説には、エレン・マーシュ殺しをめぐる犯罪の話しのほかに、解決されるべきもうひとつのミステリーが存在していた。事件の容疑者ウォリンの精神的病である。探偵キードは、医師としてウォリンの病を治癒することに成功し、それが謎の解明につながる一方で、彼は、エレンの恋人ジミー・ティグナーを生きながらの死に追い込む結果となる。かくして、この探偵小説の本来の関心の中心は、「男(ウォリン)の心理状態にある」(Page, 87) ということだけで片付けられるのだろうか。

4 精神病の治療法

精神の病を治療する療法のひとつに、水治療というのがあった。水治療は、肉体の病には心理的側面があるとし、身体は心が安らかにならないと治癒しない、という信念に基づいた自然療法に由来する治療法として知られる（Haley, 34）。さらにこの治療法は、身体内部の不自然なバランスの崩れを治すことを目的とし、生命力そのものが、病を鎮めて身体内部のバランスを取り戻すのを助けることで、患者の体がひとりでに治癒されるという同種療法の考え方に沿っている。そして、神経の興奮を宥め、精神的刺戟を排除し、「新鮮な空気と大量の水を飲むことで緊張の緩和を図る」（Haley, 16）ものであった。

この治療法が温泉地に人気を集めるようになったのは、水治療温泉地の後援者の多くが、さまざまな神経症を患っていたからだといわれる（Oppenheim, 296）が、チャールズ・ダーウィンやジョン・ラスキン、アルフレッド・テニスンなどの著名人たちも、患者としてこの治療を受けていたことが分かっている。患者たちは、身体と精神のシステムの平衡状態を取り戻すことを望んで、座浴や足欲を試し、濡れたタオルで体をこすったり、蒸したシーツに体を包んだりした[4]（Ibid, 292）。

興味深いのは、「家屋外科医」において、ムリオド家の一人娘テイアーが、頻繁に水治療施設、または水治療施設付きホテルに行かされていたことである。一家の中で、最もひどい

「憂鬱」症に悩まされていた彼女が、一年のほとんどを水治療施設やホテルで過ごしていたのは、まさに彼女が、水治療を受けることによって「憂鬱」を取り除き、精神的なバランスを回復するためであったことは容易に察しがつく。彼女が訪れた数ある水治療施設のうち、例えば、「ドロイトウィッチ」（"Droitwich"）は、イングランド南部ケント州にあるダンブリッジ＝ウェルズの温泉地であり、一八三二年のコレラの災禍の際に、はじめて、その塩泉の効能が認められた、イングランド有数の塩類泉の温泉地である（Metcalfe, 233）ことが分かる。

だが、水治療は、同時に、自慰行為に耽る者を対象とした治療法のひとつ（石川、50）[5]であったことを思い出す必要がある。一九世紀前半までに、医師や衛生学者、教育者などがこぞって、性的妄想に対する罪悪感を諸個人にうえつけ、自慰行為は社会問題にまで発展していた。この水治療が「精神病患者の治療法として確立」していくのは、一八四〇年から一八七〇年にかけてであり、特に中産階級の女性たちの間に普及したとされる。その治療法は、やはり「ミネラル・ウォーター」[6]を飲み、温度の違う何種類かの水につかる、蒸気を吸う、体のさまざまな部位に冷または温湿布をあてる」などのやり方であった。性に対する態度は、道徳的非難から無用論までさまざままであったが、当時、性的興奮は罪悪とみなされ、「自慰行為は性的異常や精神錯乱にいたるさまざまな病気の原因になるとされた」（カーン、17）ことからも分かるように、性的異常が精神異常として治癒の対象となった例をここにみることができるであろう。

ムリオドの娘の「憂鬱」症を、水治療を通してみることによって、その「憂鬱」の原因は、彼女の性的な問題と関わってくるようにも思えてくる。彼女が「左手の薬指に指輪をしている」ことに語り手が気づくのだが、そのとき語り手は、彼女が、ある「紳士のことを考えているに違いない」と思うに至る。この謎の男は、彼女を頻繁に散歩に連れ出し、彼女の心理面に影響を与えており、明らかに彼女の夫ではない人物である。

「憂鬱」という精神の病と性的な要素のリンクは、事故で亡くなったムールトリー姉妹の妹アグネスが、かつて事務弁護士のバックスターと恋仲にあり、「二人は互いにとても愛し合っていた」にもかかわらず、何らかの理由でその関係が破綻し、アグネスが発狂して精神異常に陥っていたことも、にわかに思い出されてくる。彼女の「精神異常」も、性的なものと無関係ではなかったのかもしれない。

5　戦争神経症にみる精神異常と性的異常

憂鬱という精神の病に性的な問題が少なからず関わっていること、それは戦争が原因で引き起こされる精神病である「戦争神経症」を扱った物語においても、つねに潜んでいる問題といえる。

戦争に従事してきた者が、極度のストレスによる精神的緊張のために陥る神経症、すなわち戦争神経症。第一次世界大戦後に書かれた「塹壕のマドンナ」は、戦争神経症に陥った主人公ストラングウィックを、軍医のキードが治癒していく場として、フリーメーソンが舞台となっている作品である。

「塹壕のマドンナ」をはじめとして、『借方と貸方』（一九二六年）の中のいくつかの短編にも、登場人物たちは、「信仰と功徳 五八三七」（Faith and Works 5837）集会所のメンバーとして出てくる。フリーメーソンは、「戦争による心的な神経症の犠牲者を治療するのに適した」（Wilson, 314）場として、結局最後には、「結婚して一家の父親として生きていく」（Crook, 160）支援をする場としての象徴であったようだが、キプリングの物語のなかでも、会員たちの仕事は、「戦争によって引き起こされるダメージや錯乱を癒すことと密接な関わりがある」（Karlin, 643）。

キプリングは、一八八五年にパキスタン北東部はラホールにある「希望と忍耐」（"Hope and Perseverance"）の集会所から誘いを受けて秘書となり、翌年、二十一歳のときにフリーメーソンに加入した。彼は、アラハバードに移るときに、あえて非ヨーロッパ系の会員が多いロッジを選んだといわれる。フリーメーソンは、英領インドにおいて男たちを束縛したさまざまな身分制度や規律の境界から、人々を解放し、気持ちを癒してくれる場であった。民族や階級の枠を超えた人間の根本的な親睦や絆を経験したキプリングが、一連のフリーメーソンを扱った物語群において、「親睦をテーマとしている」（Wilson, 314）こともその証左となっている。キプリング自身も「St. Omerのフリーメーソン集会所の設立に関わった」（Lewis, 75）経験を持っていることは注目に値する。

英国においてもフリーメーソンは、「世界各地に広がる大英帝国の領土から帰国して、一時的にロンドンに逗留する兵士たちに必需品を配給するための拠点」であると同時に、「負傷者や休暇中の兵士の集合地点」（Briggs, 171）であった。キプリングがそこで「医師たちとの親睦を深めた」（Wilson, 314）ことは、「妖精の箱」や「塹壕のマドンナ」に登場する軍医キードの人物造型に反映されているのかもしれない。

キードが治癒する患者は、「妖精の箱」におけるウォリンであれ、「塹壕のマドンナ」のストラングウィックであれ、戦争体験者である。両物語において、キードはまさに「医師探偵（doctor detective）」（Crook, 157）として患者の戦争神経症の原因を探り出し、精神的病の治癒を手助けしていくが、「塹壕のマドンナ」において、ストラングウィックの戦争神経症は、実は、戦争によるストレスが原因ではなく、彼が密かに恋心を抱いていたアーミン叔母が、ゴッドソウ軍曹と相思相愛の仲であったという事実を知ったことが原因だという展開になっている。

第一次大戦で砲撃にさらされた兵士たちは、塹壕生活の肉体的不快さ、戦友が肉片となって爆死するのを目の当たりにした恐怖、いつ撃たれるかもしれないという絶えざる不安に苛まれたはずである。しかし物語において、ストラングウィックは、凍死体の軋む音に悩まされたのか、とキードから尋ねられたとき、「伝令がそんなものに気をとられはじめたら、伝令なんかやめたほうがいい」と応え、「アルジェリア歩兵の二体の骸骨」を見ても、「四人のウォリック出身者の死体が折り重なっている」戦場へ出ても、彼はあくまでも果敢に行動し、実際には「現実的な恐怖としっかり対峙できる人物である」(Briggs, 146) ことが強調されている。「塹壕のマドンナ」は、ストラングウィックの戦争神経症よりも、彼を半狂乱に陥らせた、アーミン叔母とゴッドソウ軍曹の「死をも恐れない二人の愛が重要なポイント」(Briggs, 146) であり、現世を超える愛の勝利をテーマとした「崇高な愛についての物語」(Birkenhead, 333) であると言われてきた。ストラングウィックは、戦争による神経症の犠牲者ではなかったのか。

ストラングウィックの精神に破綻が生じるのは、彼が、母親からアーミン叔母の危篤の知らせを電報で受け取った直後である。そのときの自分について、ストラングウィックは、キードがアラスで講演した「モンスの天使たち」と同現象であったと述懐している。

「モンスの天使たち」とは、第一次世界大戦中に、ベルギーのモンスで兵士たちの前に現れた天使のことを指して云うもので、英仏連合軍が守っているモンスに、ドイツ軍が攻撃を仕掛けてきたとき、天使の軍団がドイツ軍に攻撃をかけて連合軍を救ったとされる伝説である。当時、ドイツ軍の目覚しい進攻ぶりに連合軍は心理的な打撃を受けたが、この「モンスの天使」現象という、視覚的な心霊体験の急増が人心の動揺を抑えるのに一役かったといわれる（Briggs, 142）。ある兵士たちは、夕空に、巨大な「翼を広げた」何体もの天使の姿を目撃し、ある伝令係は、砲弾が炸裂したとき、煙の中に「両腕を広げて」女性らしき人が見つめているのを目撃したと伝えられるように、「モンスの天使」は、「追い詰められた人間の行く手を照らす光」のような天使であった（Briggs, 142）。

若きストラングウィックが、塹壕で見たアーミン叔母の幻影は、まさに「モンスの天使」

さながら、「両腕を差し伸べて」立っていた。炎のゆらめく火鉢を手にしたゴッドソウは、このアーミンの幻影に声をかけ、地下壕の中へ共に入っていくと、内側から楔を打って自殺を図った。つまり、アーミン叔母の幻影は、彼にとって〈救いの天使〉ではなく、ゴッドソウに自殺を促し、死へと導く天使となっている。

興味深いのは、このときその一部始終を見ていたストラングウィックが、「両腕を差し伸べて」立っていたアーミン叔母の顔の表情に「エロティックな」ものを感じ取っているとする指摘（Seymour-Smith, 375）である。前述のように、ストラングウィックの神経症は、戦争体験による恐怖ではなく、彼が恋い慕うアーミン叔母が、別の男性と相思相愛であることを知ったことが、彼の「神経の破綻の本当の理由」（Birkenhead, 334）であるといわれてきた。だが、セイモア＝スミスは、神経症の末、彼に起こったことは、彼が「自分の結婚しようとする女性と、性的な愛を成し遂げることができないこと」（Seymour-Smith, 375）であったのだと指摘している。物語の結末近くで、彼の本当の悩みが、実は、元フィアンセから約束不履行のために訴訟を起こされていることであると、アーミン叔母の夫の口から明らかにされるが、訴訟の原因は不明のままである。ストラングウィックは、フィアンセが、「本当の事実が何を意味するのか分かっていないのだ！」と言っている。この「本当の事実」は、何を意味しているのだろうか。

T・S・エリオットやロレンス、そしてヴァージニア・ウルフなどと同様に、キプリングも、いわゆる戦争神経症の後遺症として、「戦場という大虐殺の現場を体験してきた若い生還者が、性の想像力を失ってしまうことがあるのを直観で知っていた」（Crook, 160）とノーラ・クルークは指摘する。戦争が男の性欲に及ぼす影響として、もっとも多い症状は「女性そのものに対する関心の欠如」（カーディナー、173）とされ、「多くの兵士が、戦争体験の結果、そのまま不能になってしまう」（カーン、241）ことが挙げられている。

ストラングウィックに付き添っていたアーミン叔母の夫は、彼がずっと悩みごとを抱えていたと証言している。加えて、彼には「戦後の悩みごともあった」のだと。ストラングウィックの本当の悩み、そして彼のフィアンセが分かっていない「本当の事実」、それは、彼の〈性的不能性〉であったといえるのではないだろうか。

6　戦争と女たちのエロティシズム

大戦勃発以降、男性的な力の誇示に感興を高められた女たちは、兵士の行進や軍服に性的興奮を覚え、それ以前には経験できない禁断の領域であった婚前・婚外交渉の場に足を踏み入れていった。

戦時中の諸犯罪のなかでも、とりわけ興味深いのは、「敵側の兵士」と「性的交渉を持った」かどで、しばしば「三ヶ月から六ヶ月間、投獄された」未婚の女たちがいた（カーン、246）ことである。キプリングの「園丁」（"The Gardener," 1926）において、三五歳の未婚の女ヘレンに、そうした女の影を読むことはできないだろうか。彼女は、戦争で亡くした自分の実の息子のことを、甥と偽って生きる女性であった。彼女の恋人が、敵側の兵士であったとするなら、彼女は、きわめて同時代的文脈における「罪の女」であったことになる。

ヘレンの「性急でしくじった愛の情事」（Gilbert; 1970, 312）には、「人間の精神的均衡状態を複雑化させた」（Karlin, 638）戦争があったことが、「園丁」においてきわめて重要な背景を成していることは、もはや云うまでもないだろう。「園丁」は、「他のどの短編よりも、キプリングが、死んだ息子に対して抱いた感情に近い」(Wilson, 297)ものであるといわれる。一九一五年九月二七日、ロースでの会戦中に、一八歳になって間もないキプリングのひとり息子ジョンが、「負傷および行方不明」(wounded and missing)であるとの連絡がキプリングのもとに届いた。「園丁」のヘレンが、「行方不明は必ずしも死亡とは限らない」と胸に言い聞かせる姿が、父親としてのキプリングの姿と重なり合っている。この時期、多くの親や妻たちが受け取った知らせは、「行方不明につき死亡の可能性あり」(missing, presumed dead)というもので(Briggs, 169)、行方不明は死亡を意味していることを悟りつつも、キプリング夫妻が息子の戦死の事実を受け入れるまでには、二年の歳月を要するものであった。

一九一七年九月、キプリングはフェビアン・ウェア卿(Sir Fabian Ware)の勧めにより、英帝国戦没者墓地事業(Imperial War Graves Commission)の理事となった。『モーニング・ポスト』紙のもと編集者であったウェアは、何千もの戦死者の身元を割り出して埋葬し、儀式をもって称えるというこの委託事業の中心的人物であった。この委託機関においてキプリングが献身的に従事した仕事は、教会や墓地の碑文を考案することなどであったようだが、それは息子の遺体が発見されないことに対する彼の鎮まらない悲しみに突き動かされて（Karlin, 637-8）のことかもしれない。キプリングは、スペインやフランス、イタリア、そしてベルギーの戦没者墓地を視察に出かけている。

我が子に先立たれるというこのような個人的経験から、彼は特に、生還した戦争体験者に深い関心を寄せていく。肉体面では致命的な負傷を免れえた者の多くが、精神面では戦争神経症を病み、打ちのめされているという事態に彼は圧倒された。キプリングはこれらの生還者たちに取材して『第一次大戦時の近衛歩兵第四連隊』（*The Irish Guards in Great War*）を一九二三年に発表する。息子の所属部隊について収集した本分を尽くした記録である。だがキプリングは、この書において、最愛の息子ジョンに対して「異常なまでに寡黙」な姿勢を貫いた。息子の死は、他の将校たちの死とともに淡々と報告されているだけである（Gilbert; 1986, 115）。

「園丁」において、ヘレンの息子マイケルが、彼女の甥ではないことに気づくのは、まさに物語の最後、ヘレンが園丁と遭遇する場面において、園丁から「息子」の墓に案内すると言われるときである。この場面は、聖書の「ヨハネ福音書」第二〇章一五節における、マグダラのマリアと園丁（＝キリスト）の遭遇の場面を想起させ、ヘレンが遭遇した園丁は「明らかにキリストの表象」（Sankey, 58）となって、「マグダラのマリアとしての」ヘレン（Tompkins, 181）の苦悩を解除するかのようである。

マグダラのマリアは、七つの悪霊にとり憑かれて「重度の精神障害に侵され」、「イエスによって癒される」（荒井、291）イエスの女弟子のひとりである。そして同時に、マグダラのマリアは「神殿娼婦の末裔」として、「イエスにとっての唯一かつ永遠の誘惑」（クラン、36）であったという点において「罪の女」でもあった。彼女は「聖女」であり、同時に「罪の女」でもあった。

ヘレンが「マイケルの墓を探しにいくという行為そのものが、彼女自身の秘められた人生の埋葬場所を探すこと」（Gilbert; 1970, 316）であったことが、社会的な過ちを隠蔽しようとする「罪の女」の顔を彼女に付与している。福音書において、愛するキリストの姿を追い求めるマグダラのマリアには復活の勝利があった。だが、ヘレンにはそれがない。

「園丁がキリストであると読者に(のみ)分かる」(Page, 90) ことによって、読者は、一瞬、ヘレンの苦しみからの解放を共有した気にさせられる。だが、読者が墓地にいる園丁の正体を知り、ヘレンだけが「彼を園丁なのだわと考えながら」墓地を去っていくアイロニーは、ヘレンにとって息子の存在が「祝福であった」と同時に「呪うべきもの」であった(Lewis, 76) ことを示唆しているのではないだろうか。

ヘレンの弟の不始末を哀れんで、語り手は、「ありがたいことに」両親が亡くなっていることを冒頭で指摘した。だが、これはヘレンにとって「ありがたいこと」であった可能性もある。なぜなら、ヘレンにとっては、甥であるはずの息子が戦死することによって、息子という「死者が戻ってこない世界においてこそ、悲しみの重荷からの測り知れない解除があった」(Kemp, 123) のだと考えられるからである。

マイケルの死は、「次の砲弾が納屋の壁の土台とおぼしき部分をえぐってその屍の上にかぶせてしまった。それは実に見事に覆ってしまったので、専門家でなければ何か不愉快なことが起こっていたとは思ってもみなかっただろう」と描写されている。彼の死に方は、ヘレンが「息子の誕生をめぐる真実を隠してきたやりかたとシンメトリーを成して」（Karlin, 638）おり、「不愉快なこと」は、マイケルの肉体の埋葬のみならず、ヘレンの「社会的な過ちの隠蔽」（Gilbert; 1970, 316）をも示唆していたのである。

この意味で、彼女は「聖女」としての「マグダラのマリア」ではなく、むしろ現代的にも神話的にも、「罪の女」のイメージを背負っているといえるのである。

■註

（1）さらにナイティンゲールは、人間の病気に対する認識として、次のように述べている。「時が経つうちに家族が次々に死ぬようなことがあっても、そのような結果に対しては誰もがそれは神の摂理であると考え、その責任について人を咎めることなどしない。状況がよくわかっていない医者は、それを「いま流行っている伝染病」のせいにすることによって、この間違った考えの立証に加担する。構造の悪い家屋が健康な人に悪い影響を与えるのと同じように、構造の悪い病院は病人に悪い影響を与えるのである。」（Nightingale, 15）

（2）ティールが提唱した「衛生上欠陥のある家」の図は、家から出た下水が、床下の雨水タンクにあふれでて、一方、二階にあるトイレの汚水管が、トイレの貯水タンクへと空気を通し、それは家族に飲み水を供給するタンクにもなっている。この図が示しているのは、家の土台や屋根に病原菌などの有害物質が浸透し、それらが、家の内部空間を汚染している危険性である。

（3）一八九三年の夏に「ナウラーカ」に移り住んだキプリング一家は、近所に住んでいたウォルコットの親戚にあたるカボット家の人々とゴルフを楽しんでいたようであり、ゴルフをするのは初めてではなかった（Orel, 35）ようである。ドイルの記録によると、当時ゴルフは、アメリカではあまり知られていなかったスポーツ（Doyle, 238）であった。クリケットや芝テニス、アーチェリー、ポロのような他のスポーツは一八七五年より以前に合衆国に紹介されているが、ゴルフは、なかなか受け入れられなかった。その理由は、この競技がイギリスから輸入されたということで、アメリカ人は好意的ではなかったとされる（Shwartz, 7）。

（4）その他、水治療の種類の詳しい資料としては、J.H. Pulte. *Homoeopathic Domestic Physician*,

Containing the Treatment of Diseases: Popular Explanations of Physiology, Hygiene, Hydropathy, Anatomy and Surgery. Cincinnati: Smith's Homoeopathic Pharmacy, 1872, 651-674. を参照のこと。

（5）水治療と性の関わりについては文献などは、横浜国立大学助教授の宮崎かすみ先生にご教示いただいた。ここに記して感謝する。

（6）多くの疾患がある場合に、ミネラル・ウォーターを飲用もしくは浴用に使うことが治療上の効果を高めるとする信仰があった。バリントは、その治療効果なるものは、「水が純粋であること、とはすなわち何の危険な成分も含まないことを常に前提にし」（Balint, 116）ている。

おわりに

公衆衛生運動の発展によって、「水は唯一の清潔な液体」（テーヴェライト、623）となった。清潔な台所の中心をなす水道を通じて、家の中も、身体の内部も「清潔」であることによる、「純潔」な女のイメージが創り上げられた。女たちが「純潔さ」を身につけていくことによって、男たちが、逆に、その欄外に位置する者たちとの性愛を求めることにつながっていく。男たちのこうした欲望の対象として、「家屋外科医」のムリオドの娘や、「園丁」のヘレン・タレルの姿をとらえることができるのかもしれない。

ナイティンゲールが『看護覚え書き』において唱導した「清浄な水」や「よく流れる排水」

が、水道の敷設によって実現されると、「汚れ」を洗浄する「水」の意味は、人間の性的欲望を抑制するためのものともなった。すでに見てきたように、「水治療」および入浴療法が、性的な欲望に関わる「病」ともみえる精神病に対して開発されてきたことが、その証左となっている。

狂気の歴史は、人間の歴史と同じくらい古いものであったに違いない。だが、精神病の概念が成立するのは、一九世紀末のクレペリンの出現以後であり、それ以前は、狂気が「悪魔」との関係、すなわち悪魔の憑依と解釈されていた。「獣の印」のフリートの狼憑きが、憑依だったのか精神病だったのか、あるいは、ストリックランドらの妄想に過ぎなかったのか。憑依と親和性を持つキプリングの妹アリスによる自動筆記が、宗教的狂信なのか、医学的にいう心因性朦朧状態（高畑、317）にみられる現象なのか。理性的世界観が内包していたもの、そして時代変容に触発されて顕わになった「存在」の矛盾と葛藤のようなものが、登場人物たちの精神的混乱となって時代を表象している。

一八世紀の自然科学が自然哲学の要素を多分に含んでいたのと同じように、一九世紀の科学万能時代にも、不可視なもの、未知なるものの神秘は、心霊主義者ばかりでなく、科学者たちの関心をも大いに惹きつけた。一九世紀後半から英国全土を席捲した一大心霊ブームにみられる交霊会は、熱心な心霊主義者のみならず、一種の流行として、社交界に集うインテリや文化人を楽しませる新奇なエンターテイメントの様相も呈していた。マダム・ブラヴァツキーのオカルト・パワーが、マジックショーさながらの喝采を浴びたことは、信仰不信時代の西洋にみる、神秘主義と科学のねじれた関係を浮き彫りにさせる。

心霊主義運動が、しばしば「女性」に結び付けて考えられるように、帝国の「あいだ」に浮遊する人間の狂気は、破滅的な愛の力によって引き起こされている。「ミセス・バサースト」にみられるヴィカリーとバサーストの破滅的な愛、「塹壕のマドンナ」におけるアーミンとゴッドソウの相思相愛の裏に潜むストラングウィックの倒錯的な愛の物語は、いずれも、性的欲望と性的抑圧の「あいだ」のせめぎ合いに苦しむ男たちのパラノイアが描かれている。ストラングウィックの戦争神経症は、戦争の体験からくる恐怖が原因ではなく、戦争による外傷神経症患者に見られる「もっともありふれた症状」として、性的障害が原因である可能性をみてきた。この、戦争神経症を患った人々の性的障害については、「根掘り葉掘り問いただしてようやく聴取できる」(カーディナー、173)ことであったからこそ、探偵医師キードが、「シャーロック・ホームズのように」は真実に到達することができないことを嘆いていたのであろう。

「ベルトランとビミ」におけるオランウータンと人間の愛は、「ペット」という概念を想起させた。オランウータンをビミと名づけるベルトランの命名行為は、有史以来、エデンの園における人間の最初の言語行為が動物に対する命名であったことを想起させている。つまり、人間と動物の違いが「言葉による差異化」として成立している(渡辺、14)ことを意味するものである。動物を命名するという行為は、意思疎通のためのコミュニケーション手段と、人間の権力行為としての表象性を持つ。前者はペットとしての動物と人間の関係に顕著であり、後者は創世記から動物園にいたる文化的ディスコースと、植民地主義のコンテクストとの関連から浮かび上がる動物と人間の関係であろう。

オランウータンと人間という種族間の微妙な境界線を扱う物語に、種族をどこかで保持しつつ、親族の枠で動物をとらえようとする「ペット」の概念は、人間に対する愛を動物と結ぶという愛と所有の逆説的関係、ペットというきわめて人間的な動物が、従来の野生動物と人間との関係にみられる常識をぬりかえてしまう可能性を示唆している。こうした、ベルトランとビミの近親相姦的な愛は、ハンス・ブライトマンによるドイツ語に〈侵された〉英語という、ゲルマン系言語間における近親相姦的な言語によって語られている。

公衆衛生運動と第一次世界大戦から、帝国主義、植民地時代へとさかのぼって見られた狂気への関心は、キプリングのテクストの中に、いくつもの「性」の記号性を見出す文化的素地を与えていることに気づく。そしてそこに描かれたのは、癒されることのない、救われない登場人物たちが隠していたかった、それぞれの性の物語であったといえるのかもしれない。

引用文献

■はじめに

Annan, Noel. 1960. "Kipling's Place in the History of Ideas." *Kipring's Mind and Art: Selected Critical Essays*. Ed. Andrew Rutherford. California: Stanford University Press, (1966): 97-125.

Lang, Andrew. "Mr. Kipling's Stories." *Kipling: The Critical Heritage.* Ed. Roger Lancelyn Green. London: Routledge, (1997): 70-75.

Lubbock, Percy. Ed. *The Letters of Henry James*. Vol. 1. New York: Octagon Books, 1970.

Orel, Harold. Ed. *Critical Essays on Rudyard Kipling*. Boston: G. K. Hall, 1989.

Trilling, Lionel. "Kipling." *Kiplng's Mind and Art: Selected Critical Essays*. Ed. Andrew Rutherford. California: Stanford University Press, (1966): 85-94.

Wilson, Edmund. *The Wound and the Bow: Seven Studies in Literature*. New York: Oxford University Press, 1959.

■第1章

Altic, Richard D. *The Shows of London*. Cambridge, Mass.: Belknap Press, 1978.『ロンドンの見世物I II III』小池滋監訳、国書刊行会、一九八九～九〇年。

Anon. "Humour and Versatility Embodied." *Pall Mall Gazette.* Vol. 21. (March, 1903).

Anon. "rev. of Hans Breitmann's Ballads." *Harper's Monthly Magazine.* XXXIX. No. 233. (October, 1869): 770.

Barber, Lynn. *The Heyday of Natural History, 1820-1870.* London: Jonathan Cape, 1980. 『博物学の黄金時代』高山宏訳、国書刊行会、一九九五年。

Duffy, Dennis. "Kipling and the Dialect of the Tribe." *Dalhousie Review.* 47. (1967): 344-46.

Greene, R. L. "Hans Breitmann." *The Kipling Journal.* Vol. 123. (October, 1957): 10.

Harte, Bret. "rev. of Hans Breitmann About Town, and Other Ballads." *Overland Monthly.*Ⅲ. (August, 1869): 196-7.

Islam, Shamul. "Kipling's Use of Indo-Pakistani Languages." *Kipling Journal.* 171. London, 1969.

Jagendorf, Moritz. "Charles Godfrey Leland: Neglected Folklorist." *New York Folklore Quarterly.* 19. (1963): 211-220.

Kersten, Holger. "Culture Wrapped in Broken Speech: "Hans Breitmann's Humorous Achievement." *Essays in Arts and Sciences.* Vol. XXVII. (October, 1998): 37-52.

Kipling, Rudyard. *From Sea to Sea and Other Sketches.* 2 vols. 1941. New York: AMS Press, 1970.

——. *Life's Handicap, and the Other Tales of My Own People.* London: Macmillan, 1911.

——. 1937. *Something of Myself.* New Delhi: AES Reprint, 1997.

Kraits, Joseph. Ed. *Animal and Man I Historical Perspective.* Harper & Row Publishers, 1974.

Leland, Charles Godfrey. *The Breitmann Ballads.* A New Edition. London: Trübner, & Co., 1894.

Masefield, John. "Hans Breitmann." *The Academy and Literature*. (April, 1903): 344-45.

Orwell, George. "Rudyard Kipling.". *The Collected Essays, Journalism and Letters of George Orwell*. Vol. 2. Eds. Sonia Orwell and Ian Angus. Penguin Books, 1970.『鯨の腹のなかで』オーウェル評論集3、川端康雄編、平凡社ライブラリー、一九九五年。

Page, Norman. *A Kipling Companion*. London: Macmillan, 1984.

Pennell, Elizabeth Robins. *Charles Godfrey Leland: A Biography*. 2 vols. Boston: Houghton Mifflin, 1906.

Pinney, Thomas. Ed. *The Letters of Rudyard Kipling 1890-99*. Vol. 2. London: Macmillan, 1990.

Raby, Peter. *Bright Paradise: Victorian Scientific Travellers*. London: Pimlico, 1997.

Ricketts, Harry. *The Unforgiving Minute: A Life of Rudyard Kipling*. London: Chatto & Windus, 1999.

Ritvo, Harriet. *The Animal Estate: The English and Other Creatures in the Victorian Age*.『階級としての動物——ヴィクトリア時代の英国人と動物たち』三好みゆき訳、国文社、二〇〇一年。

Rushdie, Salman. *Imaginary Homelands: Essays and Criticism 1981-1991*. London: Granta Books, 1991.

Williams, Raymond. *The Long Revolution*. London: Chatto & Windus, 1961.

Shell, Mark. *Children of the Earth: Literature, Politics, and Nationhood*. Oxford: Oxford University Press, 1993.『地球の子供たち——人間はみな〈きょうだい〉か?』荒木正純・村山敏勝・橘亜沙美共訳、みすず書房、二〇〇二年。

Sloane, David E. E. "Charles G. Leland." *American Humorists, 1800-1950*. Ed. Stanley Trachtenberg. Michigan: A Bruccoli Clark Book, 1982, 256-66.

Smith, Ralph Carli. *Charles Godfrey Leland: The American Years, 1824-1869*. Unpublished Doctorial Thesis.

University of New Mexico, 1961.

Skeat, William. 1900. *Malay Magic: Being An Introduction to the Folklore and Popular Religion of the Malay Peninsula.* London: B Walter Benjamin Blom, 1972.

Smythies, B. E. "Three More or Less Malay Phrases." *Kipling Journal* 60: 237. London, 1986.

Stephen, Leslie. "American Humor." *British Quarterly Review.* 52. (October 1870): 343-51.

Tompkins, J. M. S. *The Art of Rudyard Kipling.* London: Methren & Co, 1959.

Turner, James. *Reckoning with the Beast: Animals, Pain, and Humanity in the Victorian Mind.* London: The Johns Hopkins University Press, 1980. 『動物への配慮――ヴィクトリア時代精神における動物・痛み・人間性』斎藤九一訳、法政大学出版局、一九九四年。

Wallace, Alfred Russel. *The Malay Archipelago: The Land of the Orang-Utan and the Bird of Paradise, A Narrative of Travel With Studies of Man and Nature.* 10th Ed. Macmillan and Co., 1890. 『マレー諸島――オランウータンと極楽鳥の国』宮田彬訳、新思索社、一九九五年。

ヴェント、ヘルベルト『世界動物発見史』小原秀雄ほか訳、平凡社、一九八八年。

池上俊一「西洋世界の動物観」、国立歴史民俗博物館編『動物と人間の文化誌』吉川弘文館、一九九七年。

巽孝之「解説――聖貧の騎士」、ヨルゲンセン『アシジの聖フランシスコ』永野藤夫訳、平凡社ライブラリー、一九九七年。

■第2章

Anon. "More About the Theosophists; An Interview with Mdme. Blavatsky." *Pall Mall Gazette.* 26.

London: (April, 1884): 3-4.
Besant, Annie. *Theosophy*. London: T. C. & E. C. Jack; New York: Dodge Publishing Co., 1903.
Bevir, Mark. "The West Turns Eastward: Madame Blavatsky and the Transformation of the Occult Tradition." *Journal of the American Academy of Religion*. Vol. 62. No. 3. (Fall, 1994): 747-767.
Carpenter, Edward. *From Adam's peak to Elephanta : Sketches in Ceylon and India*. London: Sonnenschein, 1892.
——. *My Days and Dreams*. London: George Allen & Unwin, 1916.
Cleather, A. L. *H. P. Blavatsky: A Great Betrayal*. Calcutta: Thacker, Spink & Co., 1922.
チャンドラ、ビパン『近代インドの歴史』粟屋利江訳、山川出版社、二〇〇一年。
Copley, Antony. *Religions in Conflict: Ideology, Cultural Contact and Conversion in Late-Colonial India*. New Delhi: Oxford University Press, 1997.
Cranston, Sylvia. *HPB: The Extraordinary Life and Influence of Helena Blavatsky, Founder of the Modern Theosophical Movement*. New York: G. P. Putnam's Sons, 1993.
Crook, Nora. *Kipling's Myths of Love & Death*. London: Macmillan, 1989.
Godwin, Joscelyn. *The Theosophical Enlightenment*. Albany: State University of New York Press, 1994.
Gomes, Michael. *Theosophy in the Nineteenth Century: An Annotated Bibliography*. New York: Garland, 1994.
Harrison, Vernon. *H. P. Blavatsky and the SPR: An Examination of the Hodgson Report of 1885*. California: Theosophical University Press, 1997.

廣松渉ほか編『岩波哲学・思想事典』岩波書店、一九九八年。

Hutton, C. M. and J. E. Joseph. "Back to Blavatsky: the impact of theosophy on modern linguistics." *Language & Communication.* 18. (1998): 181-204.

Hyne, Samuel. *Edwardian Turn of Mind.* New Jersey: Princeton University Press, 1968.

Kemp, Sandra. *Kipling's Hidden Narratives.* New York: Basil Blackwell, 1988.

木田元ほか『コンサイス20世紀思想事典』第二版、三省堂、一九九七年。

Kipling, Rudyard. *Abaft the Funnel.* Amsterdam: Fredonia Books, 2001.

——. 1937. *Something of Myself.* New Delhi: AES Reprint, 1997.

——. "Sending of Dana Da." *Plain Tales from the Hills, 1886-1887; Soldiers Three and Other Stories.* New York: Doubleday, Page, 1927.

Lyall, Alfred C. 1889. *Asiatic Studies: Religious and Social.* 2 vols. London: John Murray, 1907.

McLane, J. R. *Indian Nationalism and the Early Congress.* Princeton, N.J.: Princeton University Press, c1977.

Müller, Max. "Esoteric Buddhism." *Nineteenth Century.* Vol. 33. (1893): 767-788.

Murdoch, J. *The Theosophic Craze: Its History; The Great Mahatma Hoax.* Madras: The Christian Literature Society, 1894.

Murphet, Howard. *When Daylight Comes: Biography of Helena Petrovna Blavatsky.* Wheaton, Illinois: The Theosophical Publishing House, 1988.『H・P・ブラヴァツキー夫人——近代オカルティズムの母』田中恵美子訳、神智学協会ニッポンロッジ、一九八一年。

Nair, Pyarelal. *Mahatma Gandhi. Vol. 1: The Early Years*. Ahmedabad: Navajian Publishing House, 1965.

Olcott, Henry S. *Theosophy: Religion and Occult Science.* London: G. Redway, 1885.

Oppenheim, Janet. *The Other World: Spiritualism and Psychical Research in England, 1850-1914.* New York: Cambridge University Press, 1985. 『英国心霊主義の抬頭――ヴィクトリア・エドワード朝時代の社会精神史』和田芳久訳、工作舎、一九九二年。

Orel, Harold. *A Kipling Chronology.* London: Macmillan, 1990.

Owen, H. F. "The Nationalist Movement." *A Cultural History of India.* Ed. A. L. Basham. New Delhi: Oxford University Press, 1975.

Page, Norman. *A Kipling Companion.* London: Macmillan, 1984.

パーシヴァル＝スピィア『インド史 3』大内穂・李素玲・笠原立晃訳、みすず書房、一九七五年。

Podmore, Frank. *Modern Spiritualism.* 2 vols. London: Methuen, 1902.

Prothero, Stephen. "Theosophy's Sinner / Saint: Recent Books on Madame Blavatsky." *Religious Studies Review*. 23. No. 3. (1997): 257-63.

Radda-Bai (Helene Petrovna Blavatsky). *From The Caves and Jungles of Hindustan.* The Theosophical Publishing House, 1993. 『インド幻想紀行――ヒンドスタンの石窟とジャングルから 上下』加藤大典訳、ちくま学芸文庫、二〇〇三年。

Ricketts, Harry. *The Unforgiving Minute: A Life of Rudyard Kipling.* London: Chatto & Windus, 1999.

Shepard, Leslie A. Ed. *Encyclopedia of Occultism & Parapsychology: A Compendium of Information on the Occult Sciences, Magic, Demonology, Superstitions, Spiritism, Mysticism, Metaphysics, Psychical Science, and Parapsychology, with Biographical and Bibliographical Notes and Comprehensive Indexes.* 3rd ed. 2 vols. London: Gale Research Inc., 1991.

新戸雅章『逆立ちしたフランケンシュタイン――科学仕掛けの神秘主義』筑摩書房、二〇〇〇年。

Sinnett, A. P. 1881. *The Occult World.* 3rd ed. London: Trübner & Co., 1883.

Society for Psychical Research. "Report on the Committee Appointed to Investigate Phenomena Connected with the Theosophical Society." *Proceedings of the Society for Psychical Research.* Vol. 3. (London: 1885): 201-400.

高橋巌「解説――魂の遍歴」、H・P・ブラヴァツキー『インド幻想紀行――ヒンドスタンの石窟とジャングルから　上下』加藤大典訳、ちくま学芸文庫、二〇〇三年。

■第３章

Altic, Richard D. *The Shows of London.* Cambridge, Mass.: Belknap Press, 1978.『ロンドンの見世物ⅠⅡⅢ』小池滋監訳、国書刊行会、一九八九～九〇年。

Barnouw, Erik. *The magician and the cinema.* New York: Oxford University Press, 1981.『魔術師と映画――シネマの誕生物語』山本浩訳、ありな書房、一九八七年。

Bauer, Helen Pike. *Rudyard Kipling: A Study of Short Fiction.* New York: Twayne Publishers, 1994.

Bayley, John. " 'Mrs. Bathurst' Again." *Essays in Criticism.* No. 3. (1988): 233-236.

Castle, Terry. "Phantasmagoria: Spectral Technology and the Metaphorics of Modern Reverie." *Critical Inquiry.* Vol. 15. No. 1. (Autumn 1988): 26-61.「ファンタスマゴリア――幽霊テクノロジーと近代的夢

想の隠喩学」高山宏訳、『幻想文学』第三七号、一九九三年、六-四三頁。
Crook, Nora. *Kipling's Myths of Love & Death*. London: Macmillan, 1989.
Gilbert, Elliot L. "What Happens in 'Mrs. Bathurst.'" *PMLA*. 77. (1962): 450-8.
橋本槇矩「キプリングのインドへの道「ブラッシュウッド・ボーイ」論」、『学習院大学文学部研究年報』第四一号、一九九四年、九三-一一四頁。
Household, G. A. Ed. *To Catch A Sunbeam: Victorian Reality Through The Magic Lantern*. London: Michael Joseph, 1979.
Karlin, Daniel. Ed. *Rudyard Kipling*. Oxford: Oxford University Press, 1999.
Kemp, Sandra. *Kipling's Hidden Narratives*. New York: Basil Blackwell, 1988.
キプリング、ラドヤード『キプリング短編集』橋本槇矩編訳・解説、岩波文庫、一九九五年。
Kipling, Rudyard. *The Day's Work; Many Inventions*. New York: Doubleday, Page, 1927.
——. 1937. *Something of Myself*. New Delhi: AES Reprint, 1997.
——. *Traffics and Discoveries; Actions and Reactions*. New York: Doubleday, Page, 1927.
Lodge, David. "'Mrs. Bathurst': Indeterminacy in Modern Narrative." *Kipling Considered*. Ed. Phillip Mallett. London: Macmillan, 1989: 71-84.
Lycett, Andrew. *Rudyard Kipling*. London: Weidenfeld & Nicolson, 1999.
Menand, Louis. "Kipling in the History of Forms." *High and Low Moderns: Literature and Culture, 1889-1939*. Eds. Maria Dibattista and Lucy McDiarmid. Oxford: Oxford University Press, 1996.
ミルネール、マックス『ファンタスマゴリア——光学と幻想文学』川口顕弘・篠田知和基・森永徹訳、ありな書房、一九九四年。

Montefiore, Janet. "Latin, arithmetic and mastery: a reading of two Kipling fictions." *Modernism and Empire.* Eds. Howard J. Booth and Nigel Rigby. Manchester and New York: Manchester University Press, 2000.

Moore-Gilbert, B. J. *Kipling and "Orientalism."* New York: St. Martin's Press, 1986.

Moss, Robert F. *Rudyard Kipling and the Fiction of Adolescence.* New York: St. Martin's Press, 1982.

Murray, Stuart. *Rudyard Kipling in Vermont: Birthplace of the Jungle Books.* Vermont: Images from the Past, Inc., 1997.

Oppenheim, Janet. *The Other World : Spiritualism and Psychical Research in England, 1850-1914.* New York: Cambridge University Press, 1985.『英国心霊主義の抬頭——ヴィクトリア・エドワード朝時代の社会精神史』和田芳久訳、工作舎、一九九二年。

Paffard, Mark. *Kipling's Indian Fiction.* London: Macmillan, 1989.

Page, Norman. *A Kipling Companion.* London: Macmillan, 1984.

Poole, Adrian. "Kipling's Upper Case." *Kipling Considered.* Ed. Phillip Mallett. London: Macmillan, 1989, 135-159.

Proceedings of the Society for Psychical Research. Volume XXI. Glasgow: Robert Maclehose & Company Limited University Press, 1909.

Rosenthal, Eric. Comp. and Ed. *Encyclopaedia of Southern Africa.* 6th edition. London and New York: Frederick Warne & Co., 1973.

Schwarz, John H. "Hardy and Kipling's 'They'." *English Literature in Transition 1880-1920*. 34:1 (1991): 7-16.

Seymour-Smith, Martin. *Rudyard Kipling: The Controversial New Biography*. London: Papermac, 1990.

Speaight, George. "Professor Pepper's Ghost." *Theatre Notebook*. Vol. 43. (1989): 16-24. Vol.2 of A History of Pre-Cinema. Ed. Stephen Herbert. London and New York: Routlege, 2000.

Stinton, T. C. W. "What Really Happened in 'Mrs. Bathurst'?" *Essays in Criticism*. 38. (1988): 55-74.

Sullivan, Zohreh T. *Narratives of Empire: The Fictions of Rudyard Kipling*. Cambridge: Cambridge University Press, 1993.

多木浩二『眼の隠喩――視線の現象学』青土社、一九八二年。

梅原伸太郎「スピリチュアリズムの歴史的変遷」、ジョン・レナード『スピリチュアリズムの真髄』世界心霊宝典〈第3巻〉近藤千雄訳、国書刊行会、一九八五年。

Waterhouse, Ruth. "'The Blindish Look': Signification of Meaning in 'Mrs. Bathurst'." *Studea Neophilologica*. 60. (1988): 193-206.

Wilson, Angus. *The Strange Ride of Rudyard Kipling: His Life and Works*. New York: Viking Press, 1978.

Wilson, Edmund. *The Wound and the Bow: Seven Studies in Literature*. New York: Oxford University Press, 1959.

■第４章

荒井英子『ハンセン病とキリスト教』岩波書店、一九九六年。

Arnold, David. *Colonizing the Body: State Medicine and Epidemic Disease in Nineteenth-Century India.* Berkeley: University of California Press, 1993.

Battles, Paul. "'The Mark of the Beast': Kipling's Apocalyptic Vision of Empire." *Studies in Short Fiction.* Vol. 33. No. 3. (Summer, 1996): 333-44.

Behdad, Ali. "Kipling's 'Other' Narrator/Reader: Self-Exoticism and the Micropolitics of Colonial Ambivalence." *Belated Travelers: Orientalism in the Age of Colonial Dissolution.* Durham and London: Duke University Press, 1994: 73-91.

Birkenhead, Lord. *Rudyard Kipling.* London: Weidenfeld and Nicolson, 1978.

Carrington, Charles. *Rudyard Kipling: His Life and Work.* London: Macmillan, 1955.

Coates, John. *The Day's Work: Kipling and the Idea of Sacrifice.* Madison: Fairleigh Dickinson University Press, 1997.

Cornell, Louis L. *Kipling in India.* New York: St. Martin's Press, 1966.

Gilbert, Elliot L. *The Good Kipling.* London: Manchester University Press, 1972.

Green, Roger Lancelyn. Ed. *Rudyard Kipling: The Critical Heritage.* Rpt of 1971. London and New York: Routledge, 1997.

『インド刑法訴訟法典』鈴木教司訳、青葉図書、一九九三年。

Islam, Shamul. *Kipling's 'Law': A Study of His Philosophy of Life.* New York: Macmillan, 1975.

Karlin, Daniel. Ed. *Rudyard Kipling.* Oxford: Oxford University Press, 1999.

木田純一「インド刑法について」、『愛知大学国際問題研究所紀要』第三一巻、一九六一年七月、十一―一七頁。

Kipling, Rudyard. *Life's Handicap: Being Stories of Mine Own People.* New York: Penguin Books, 1987.

——. *Plain Tales from the Hills.* Harmondsworth : Penguin, 1990.

Low, Gail Ching-Liang. *White Skins / Black Masks: Representation and Colonialism.* London and New York: Routledge, 1996.

Lyall, Alfred C. 1889. *Asiatic Studies: Religious and Social.* 2 vols. London: John Murray, 1907.

Mulla, Narain Suresh and Chheda Lal Gupta. *R. A. Nelson's The Indian Penal Code.* 7th edition. Vol. 1. Allahabad: The Law Book Company Ltd. Sardar Patel Marg, 1981.

Oppenheim, Janet. *The Other World: Spiritualism and Psychical Research in England, 1850-1914.* New York: Cambridge University Press, 1985.『英国心霊主義の抬頭——ヴィクトリア・エドワード朝時代の社会精神史』和田芳久訳、工作舎、一九九二年。

Orwell, George. "Shooting an Elephant." in *Collected Essays.* London: Secker & Warburg, 1970.

Paffard, Mark. *Kipling's Indian Fiction.* London: Macmillan, 1989.

Raju, V. B. *Commentaries on Indian Penal Code.* Vol. 2. Lucknow: Eastern Book, 1982.

Ricketts, Harry. *The Unforgiving Minute: A Life of Rudyard Kipling.* London: Chatto & Windus, 1999.

Satin, Nora. *India in Modern English Fiction With Special Reference to R. Kipling, E. M. Forster, & A. Huxley.* Norwood Editions, 1976.

佐藤雅彦『現代医学の大逆説』工学社、二〇〇〇年。

Stephen, J. F. *A History of The Criminal Law of England.* vol.3. New York: Burt Flanklin, 1883.

Suleri, Sara. *The Rhetoric of English India.* Chicago: University of Chicago Press, 1992.『修辞の政治学——

植民地インドの表象をめぐって』川端康雄・吉村玲子訳、平凡社、二〇〇〇年。

Sullivan, Zohreh T. *Narrative of Empire: The Fictions of Rudyard Kipling*. Cambridge: Cambridge University Press, 1993.

Thomas, Keith. *Religion and the Decline of Magic: Studies in Popular Beliefs in Sixteenth-and-Seventeenth-Century England*. London: Weidenfeld & Nicolson, 1971.『宗教と魔術の衰退　上下』荒木正純訳、法政大学出版局、一九九三年。

脇村孝平『飢饉・疫病・植民地統治――開発の中の英領インド』名古屋大学出版会、二〇〇二年。

ウェーバー、マックス『ヒンドゥー教と仏教――世界諸宗教の経済倫理⑵』深沢宏訳、東洋経済新報社、二〇〇二年。

Winter, Alison. *Mesmerized: Powers of Mind in Victorian Britain*. Chicago & London: The University of Chicago Press, 1998.

Yule, Henry and A. C. Burnell. *Hobson-Jobson: A Glossary of Colloquial Anglo-Indian Words and Phrases, and of Kindred Terms, Etymological, Historical, Geographical and Discursive*. London: Routledge & Kegan Paul, 1886.

■第5章

Adams, Annmarie. *Architecture in the Family Way: Doctors, Houses, and Women, 1870-1900*. Montreal: McGill-Queen's University Press, 2001.

Amis, Kingsley. *Rudyard Kipling and His World*. London: Thames and Hudson, 1975.

荒井英子『ハンセン病とキリスト教』岩波書店、一九九六年。
Balint, Michael. *Thrills and Regressions*. Madison, Conn.: International Universities Press, 1959.
Bauer, Helen Pike. *Rudyard Kipling: A Study of the Short Fiction.* New York: Twayne Publishers, 1994.
Birkenhead, Lord. *Rudyard Kipling*. Weidenfeld & Nicolson, 1978.
Briggs, Julia. "Ghosts Troop Home: The Great War and Its Aftermath." *Night Visitors: The Rise and Fall of the English Ghost Story.* London: Faber, 1977.
Coates, John. *The Day's Work: Kipling and the Idea of Sacrifice.* London: Associated University Presses, 1997.
クラン、ジャクリーヌ『マグダラのマリア　無限の愛』福井美津子訳、岩波書店、一九九六年。
Crook, Nora. *Kipling's Myths of Love and Death.* London: Macmillan, 1989.
Doyle, Arthur Conan. "Teaching Kipling How to Golf." Harold Orel. Ed. *Kipling: Interviews and Recollections.* Vol 2. (1983): 237-238.
Gilbert, Elliot L. "Kipling's 'The Gardener': Craft into Art." *Studies in Short Fiction.* 7. (1970): 308-319.
——. "Silence and Survival in Kipling's Art and Life." *English Literature in Transition, 1880-1920.* vol.29. No.2 (1986): 115-126.
Haley, Bruce. *The Healthy Body and Victorian Culture.* Cambridge, Massachusetts: Harvard University Press, 1978.
石川弘義『マスターベーションの歴史』作品社、二〇〇一年。
Islam, Shamsul. *Kipling's 'Law': A Study of His Philosophy of Life.* London: Macmillan, 1975.

Karlin, Daniel. *Rudyard Kipling*. Oxford: Oxford University Press, 1999.

Kemp, Sandra. *Kipling's Hidden Narratives*. New York: Basil Blackwell, 1988.

Kipling, Rudyard. *Limits and Renewals*. New York: Doubleday, Page, 1927.

——. *Debits and Credits*. New York: Doubleday, Page, 1927.

——. 1937. *Something of Myself*. New Delhi: AES Reprint, 1997.

Knox, Ronald A. "Detective Story Decalogue." *The Art of the Mystery Story: A Collection of Critical Essays*. Haward Haycraft. Ed. New York: The University Library Grosset & Dunlap, 1947.

Lewis, Lisa A. F. "Some Links between the Stories in Kipling's Debits and Credits." *English Literature in Transition 1889-1920*. Vol. 29. No. 2. (1986): 74-85.

Metcalfe, Richard. *The Rise and Progress of Hydropathy in England and Scotland*. London: Simpkin, Marshall, Hamilton, Kent & Co., Ltd., 1912.

Nightingale, Florence. *Notes on Nursing: What it is and what it is not*. Glasgow and London: Blackie, 1974. 『看護覚え書き―本当の看護とそうでない看護』小玉香津子・尾田葉子訳、日本看護協会出版会、二〇〇四年。

大久保譲「つねに歴史化せよ――ニュー・ヒストリシズム」丹治愛編『知の教科書　批評理論』講談社選書メチエ、二〇〇三年、一九三―二一五頁。

Oppenheim, Janet. *The Other World : Spiritualism and Psychical Research in England, 1850-1914*. New York: Cambridge University Press, 1985. 『英国心霊主義の抬頭――ヴィクトリア・エドワード朝時代の社会精神史』和田芳久訳、工作舎、一九九二年。

Orel, Harold. *A Kipling Chronology.* London: Macmillan, 1990.

Page, Norman. *A Kipling Companion.* London: Macmillan Press, 1984.

Pulte, J.H. *Homoeopathic Domestic Physician, Containing the Treatment of Diseases: Popular Explanations of Physiology, Hygiene, Hydropathy, Anatomy and Surgery.* Cincinnati: Smith's Homoeopathic Pharmacy, 1872.

Queen, Ellery. "The Detective Short Story: The First Hundred Years." *The Art of the Mystery Story: A Collection of Critical Essays.* Ed. Haward Haycraft. New York: The University Library Grosset & Dunlap, 1947.

Ricketts, Harry. "Kipling and the War: A Reading of Debits and Credits." *English Literature in Transition: 1880-1920.* Vol. 29. No. 1. (1986): 29-39.

Sankey, Benjamin. "Kipling's 'The Gardener'." *Explicator.* 23. No. 7. (1965): 58.

Seymour-Smith, Martin. *Rudyard Kipling: The Controversial New Biography.* London: Macmillan Papermac, 1990.

Shanks, Edward. *Rudyard Kipling: A Study in Literature and Political Ideas.* New York: Cooper Square Publishers, INC., 1970.

Shwartz, Gary H. *The Art of Golf 1754-1940: Timeless, Enchanting Illustrations and Narrative of Golf's Fomative Years.* Tiburon, Calif. : Wood River Pub., 1990.

Stewart, J. I. M. "The Mature Craftsman." *Critical Essays on Rudyard Kipling.* Ed. Harold Orel. Boston: G.K. Hall & Co., 1989: 125-142.

Tompkins, J. M. S. *The Art of Rudyard Kipling*. London: Methren & Co., 1959.

内田隆三『探偵小説の社会学』岩波書店、二〇〇一年。

Van Dine, S.S. "Twenty Rules for Writing Detective Stories." *The Art of the Mystery Story: A Collection of Critical Essays*. Ed. Haward Haycraft. New York: The University Library Grosset & Dunlap, 1947.

Wilson, Angus. *The Strange Ride of Rudyard Kipling: His Life and Works*. New York: The Viking Press, 1977.

■おわりに

カーディナー、エイブラム『戦争ストレスと神経症』中井久夫・加藤寛共訳、みすず書房、二〇〇四年。

テーヴェライト、クラウス『男たちの妄想I——女・流れ・身体・歴史』田村和彦訳、法政大学出版局、一九九九年。

高畑直彦ほか編著『憑依と精神病——精神病理学的・文化精神医学的検討』北海道大学図書刊行会、一九九四年。

渡辺守雄「メディアとしての動物園——動物園の象徴学」、渡辺守雄ほか『動物園というメディア』青弓社、二〇〇〇年。

あとがき

「もうひとりのキプリング」――本書は、筑波大学に提出、受理された博士論文「ラドヤード・キプリングと十九世紀後半欧米の混淆的文化表象」（二〇〇三年）を基に、章の構成を含め大幅な加筆・修正を施したものである。実は、本書のタイトルは、博士論文の予備論文審査が行なわれた際に、副査のおひとりであった宮本陽一郎先生が、私の論文について言われたコメントに由来している。「この論文には、〈もうひとりのキプリング〉が描かれている」と。審査のあと、指導教官の荒木先生が教えてくださった――「オルタナティヴ・キプリング」。博士論文提出から四年が経とうとしている。

あのときの私が、どのような「もうひとりのキプリング」を描くことができていたのかを、できることなら、今、先生にお尋ねしたい気持ちである。しかし、おそらく本書は、宮本先生がご指摘下さった「もうひとりのキプリング」と、荒木先生の言われた「オルタナティヴ・キプリング」とは、全く異なる様相を呈しているかもしれない。

忘れられた文化の所在、そこに息づいていた様々な事象が掘り起こされるたびに、キプリングの表象のテクストは、常にいくつもの読みを呈示する魅力に満ちている。本書の「もうひとりのキプリング」は、数多ある「キプリング」のなかのほんの一部分にすぎない。「時代の象徴としてのキプリング」と共にある「オルタナティヴなキプリング」は、あらゆる読者の、多様な読みにつねに開かれている。

本書の完成に至るまでにお世話になったすべての方々に感謝いたします。

あらためて、博士論文の審査の際にお世話になった筑波大学の荒木正純先生、井上修一先生、宮本陽一郎先生、吉原ゆかり先生、そして慶應義塾大学の武藤浩史先生。特に、荒木先生には、指導教官として筑波大学大学院入学当初から、常に適切な助言をいただき、懇切丁寧にご指導いただきました。そして、文芸・言語研究科内において、論文完成に至る様々な段階での締め切りを組織的に設定してくださり、論文提出まで導いてくださった名波弘彰先生。ここに記して、心から感謝の意を表します。

また、日本キプリング協会会長で学習院大学の橋本槇矩先生には、学会での発表の場を与えてくださったばかりか、発表を通してキプリングのテクストを丁寧に読むことの大切さを教えていただきました。橋本槇矩・高橋和久編著『ラドヤード・キプリング——作品と批評』(松柏社)への論文執筆に声をかけてくださったのも先生である。先生に心から感謝いたします。この研究書への執筆が、本書公刊に向けてどれだけ大きなステップとなったか分からない。この研究書の刊行も、学位が授与されたのと同じ年の二〇〇三年であった。

この年は、私が筑波大学大学院を修了し、北星学園大学文学部英文学科に専任講師として赴任した年でもあり、偶然にも、このキプリング研究書のもうひとりの編著者であられる東京大学の高橋和久先生が、北星学園大学の大学院の集中講義にいらした年でもあった。この年と翌年の二年間、私は、北海道にいながらにして先生の講義を拝聴できる幸運に恵まれ、このとき、慣れない新しい環境での慌しさと戸惑いの中で、研究を続けることすら忘れかけていた私の心に、研究への新たな熱意と出版への強い意欲がふつふつと湧き出る感じがしたのを覚えている。そしてその思いは、はからずも、先のキプリング研究書と同じ出版社から、本書が刊行となるという形で結実した。この二重の幸運に感謝するとともに、出版に際して、松柏社編集部の森有紀子氏には色々とお世話になった。また、北星学園大学後援会からは、出版助成をいただくことができた。ここに記して心から感謝いたします。

二〇〇七年一月

上石実加子

初出一覧

第一章　「キプリングの越境の詩学— “Bertran and Bimi” における混淆の文化表象」北星学園大学文学部編『北星論集』第41号、2004年3月、71−82頁。「「ペンシルヴェニア・ダッチ」をめぐる地政学—移民／言語／共同体、その虚構的記号性の変遷」大塚英文学会編『Otsuka Review』第38号、2002年3月、61−92頁。「インターリンガルな言語実践—混淆と閉塞のキップリング＜方言＞学」筑波大学比較理論文学会編『文学研究論集』第19号、2002年3月、1−21頁。“The Two Hans Breitmanns: Rudyard Kipling and Charles Godfrey Leland.” *Hokusei Review*. Vol. 43. No. 2. (March, 2006): 123-131.

第二章　「融通無碍に変容する＜東洋／西洋＞折衷思想—キプリングとマダム・ブラヴァツキー神智学」筑波大学文化批評研究会編『＜翻訳＞の圏域—文化・植民地主義・イデオロギー』2004年2月、455−471頁。

第三章　「光学器械・帝国・夢—肉眼でみる／心の眼でみる／夢をみる」橋本槇矩・高橋和久編著『ラドヤード・キプリング—作品と批評』松柏社、2003年6月、155−185頁。

第四章　「忠誠と背信のダイヤグラム—恐怖と欲望にみる植民地支配の相関力学—」橋本槇矩・桑野佳明編『キプリング大英帝国の肖像』彩流社、2005年4月、173−197頁。

第五章　書き下ろし

マードック　Murdoch, John　54
　『神智学の大流行―その歴史』*Theosophic Craze: Its History*　54
マハトマ・レターズ　Mahatma Letters　46, 51-3, 58-9
水治療　hydropathy　169-73, 186, 190
ミセス・ホランド　Mrs. Holland　85
見世物　exhibition　15-6
ミュラー　Müller, Friedrich Max (1823-1900)　54
メスメリズム　Mesmerism　133, 139-41
ヤング　Young, Filson (1876-1938)　90
ユニヴァーサリズム　Universalism　48
ユニテリアン主義　Unitarianism　48
ヨーロッパ中心主義　Eurocentrism　ii, 113
ライリー　Riley, James Whitcomb (1849-1916)　40　⇒リケッツ
ラシュディ　Rushdie, Salman (1947-)　35
ラスキン　Ruskin, John (1819-1900)　170
ラング　Lang, Andrew (1819-1912)　iii, 126-7
リケッツ　Ricketts, Harry (1950-)　34, 40, 68, 148, 157-8　⇒ライリー
リーランド　Leland, Charles Godfrey (1825-1903)　22-32, 42
　「ハンス・ブライトマンのバラッド」"Hans Breitmann's Ballads"　22-32
リンガフランカ　Lingua franca　33-4
ローイ　Roy, Ram Mohan (1772-1833)　71
ロイアル・タッチ［手かざしの治療］　Royal touch　137-8, 151
ロック・ハウス　Rock House　157-60
ロレンス　Lawrence, D. H. (1885-1930)　179

ドイル　Doyle, Arthur Conan (1859-1930)　162, 186
トウェイン　Twain, Mark (1835-1910)　40
動物園　zoological garden　14-7
トリリング　Trilling, Lionel (1905-75)　iii
ナイティンゲール　Nightingale, Florence (1820-1910)　154, 186
　『看護覚え書き』*Notes on Nursing*　154-5, 186
ナショナリティ　nationality　65
ノックス　Knox, Ronald Arbutnott　165
『パイオニア』*The Pioneer*　62, 127
ハウエルズ　Howells, William Dean (1837-1920)　28-9, 40
ハーディ　Hardy, Thomas (1840-1928)　84, 164
ハート　Harte, Francis Brett (1836-1902)　27
標準英語　33
ヒンドゥーイズム[ヒンドゥー教]　Hinduism　69, 71-4, 76, 131
ブディズム[仏教]　Buddhism　54
ブラヴァツキー　Blavatsky, Helena Petrovna (1831-91)　45-79, 191
　『シークレット・ドクトリン』*Secret Doctrine*　53
ブラハモ協会　Brahmo Samaj　71-2
フリーメーソン　freemason　173-5
フロイト　Freud, Sigmund (1856-1939)　98, 115
ベザント　Besant, Annie (1847-1933)　69
ペパー　Pepper, John Henry (1821-1900)　93-5
ペパーズ・ゴースト　(Pepper's Ghost)　93-5, 97, 110-1, 114
ポウ　Poe, Edgar Allan (1809-49)　126
方言　23-43　⇒リーランド
ホジソン　Hodgson, Richard (1855-1905)　46-7, 54, 77

キリスト教　Christianity　3, 39, 46-8, 54, 71, 81, 139-40
クリスティ　Christie, Agatha (1890-1976)　164-5
　『アクロイド殺し』*The Murder of Roger Ackroyd*　164
サイード　Said, Edward Wadie (1935-2003)　i
　『オリエンタリズム』*Orientalism*　i
『シヴィル＆ミリタリー・ガゼット』*Civil and Military Gazette*　62, 122
ジェイムズ　James, Williams (1842-1910)　47
ジェイムズ　James, Henry (1843-1916)　i, iii
シネット　Sinnett, Alfred Percy (1840-1921)　58, 60, 62
　『オカルトの世界』*The Occult World*　58
シャープ　Sharpe, William（1856-1905）　127-8
神智学　Theosophy　46-58, 62-3, 68, 70, 73-6, 78, 191
心霊主義　spiritualism　40, 48, 81-4, 139, 192
スキート　Skeat, Walter William (1835-1912)　42
　『マレーの魔法』*Malay Magic*　42
スティーヴン　Stephen, Leslie (1832-1904)　27
スティーヴンソン　Stevenson, Robert Louis (1850-94)　164
セイモア＝スミス　Seymour-Smith, Martin (1928-)　107, 178
セクシュアリティ　sexsuality　135
戦争神経症　shell shock　173, 175-76, 192
ダーウィン　Darwin, Charles Robert (1809-82)　3, 50-1, 170
　『種の起源』*On the Origin of Species*　50
他者　76, 115, 134, 145, 147-8
帝国主義　imperialism　ii, 107, 135, 193
ディケンズ　Dickens, Charles (1812-70)　32
テニスン　Tennyson, Alfred (1809-92)　170

●作品集

『借方と貸方』*Debits and Credits*　173-4
『黒と白』*In Black and White*　35, 55
『限界と再生』*Limits and Renewals*　164
『高原平話集』*Plain Tales from the Hills*　122
『三人の兵士』*Soldiers Three*　35
『人生のハンディキャップ』*Life's Handicap*　5, 40-1, 127
『第一次大戦時の近衛歩兵第四連隊』*The Irish Guards in Great War*　182
『なぜなぜ物語』*Just So Stories*　42-3

●短編

「園丁」"The Gardener"　181-5, 189
「家屋外科医」"House Surgeon"　156-87, 189
「彼ら」" 'They' "　83, 85-92, 114
「クリシュナ・マルヴェイニーの化身」"The Incarnation of Krishna Mulvaney"　41-2
「獣の印」"The Mark of the Beast"　121, 124, 127-40, 144-6
「塹壕のマドンナ」"A Madonna of the Trenches"　167, 173, 175-9, 192
「スドゥーの家にて」"In the House of Suddhoo"　34-5, 119-127, 143-4, 146-8
「ダーナ・ダのセンディング」"Sending of Dana Da"　55, 63-8, 74-5, 191
「ブラッシュウッド・ボーイ」"The Brushwood Boy"　83, 93, 107, 114
「ベルトランとビミ」"Bertran and Bimi"　1-40, 192
「ミセス・バサースト」"Mrs. Bathurst"　83, 98-106, 112-4, 117, 192
「妖精の箱」"Fairy-Kist"　164-9
「ラインゲルダーとドイツの旗」"Reingelder and the German Flag"　31

索引

アッシジの聖フランチェスコ　St Francis of Assisi (1181/82-1226)　10-12
アナン　Annan, Noel (1916-2000)　iv-v
アングロ・インディアン　Anglo-Indian　60, 65, 119, 148
イエイツ　Yeats, William Butler (1865-1939)　i, 47
ヴァン・ダイン　Van Dine, S. S. (1888-1939)　165-6
ヴィクトリア朝時代　the Victorian Age　47-8, 75, 96, 115, 126, 154
ウィリアムズ　Williams, Raymond (1921-88)　33
ウィルソン　Wilson, Edmund (1895-1972)　iv, 82
　「誰も読まなかったキプリング」"The Kipling That Nobody Read"　iv
ヴェント　Wendt, Herbert (1914-)　3, 13
ウォレス　Wallace, Alfred Russel (1823-1913)　2-4, 11-3
　『マレー諸島』*The Malay Archipelago*　2-3
ウルフ　Woolf, Adeline Virginia (1882-1941)　179
エキゾティシズム　exoticism　115-6, 121
エリオット　Eliot, T. S. (1888-1965)　179
エロティシズム　eroticism　115-6
オーウェル　Owell, George (1903-50)　35, 120
オッペンハイム　Oppenheim, Janet (1948-)　48, 58, 84, 170
オリエンタリズム　orientalism　40, 68, 75, 91
オルコット　Olcott, Henry Steel (1832-1907)　46, 51-2, 54
カーペンター　Carpenter, Edward (1844-1929)　74
キプリング（アリス）　Kipling, Alice (1868-1948)　84-5, 190　⇒ミセス・ホランド
キプリング　Kipling, Rudyard (1865-1936)

上石実加子　あげいし・みかこ
1969年生まれ。筑波大学大学院文芸・言語研究科博士課程修了。博士（文学）。現在、北星学園大学文学部専任講師。共著書に橋本槙矩・桑野佳明編『キプリング大英帝国の肖像』（彩流社、2005年）、橋本槙矩・高橋和久編著『ラドヤード・キプリング——作品と批評』（松柏社、2003年）がある。

もうひとりのキプリング **表象のテクスト**

上石実加子 著

2007年2月28日　初版第1刷発行

発行者　森 信久
発行所　株式会社 松柏社
〒102-0072　東京都千代田区飯田橋1-6-1
TEL. 03-3230-4813（代表）　FAX. 03-3230-4857

装幀　熊澤正人（Power House）
印刷・製本　モリモト印刷株式会社

ISBN978-4-7754-0128-6
Printed in Japan